[日]陈舜臣 著

大唐探案录之长安风云

海墨 译

陕西师范大学出版总社

图书代号：WX19N0461

陕版出图字：25-2019-048

图书在版编目（CIP）数据

大唐探案录之长安风云 /（日）陈舜臣著；海墨译．—西安：陕西师范大学出版总社有限公司，2019.6
ISBN 978-7-5695-0693-8

Ⅰ．①大…　Ⅱ．①陈…　②海…　Ⅲ．①推理小说—小说集—日本—现代　Ⅳ．①I313.45

中国版本图书馆 CIP 数据核字（2019）第 076175 号

大唐探案录之长安风云

DATANG TANANLU ZHI CHANGAN FENGYUN

[日] 陈舜臣　著　海墨　译

出 版 人	刘东风
责任编辑	张　佩　高　歌
策划编辑	海　莲　邵博文
封面设计	吴黛君
出版发行	陕西师范大学出版总社 （西安市长安南路 199 号　邮编 710062）
网　　址	http://www.snupg.com
印　　刷	涿州汇美亿浓印刷有限公司
开　　本	620mm×889mm　1/16
印　　张	12
字　　数	114 千
版　　次	2019 年 6 月第 1 版
印　　次	2019 年 6 月第 1 次印刷
书　　号	ISBN 978-7-5695-0693-8
定　　价	49.00 元

【目录】

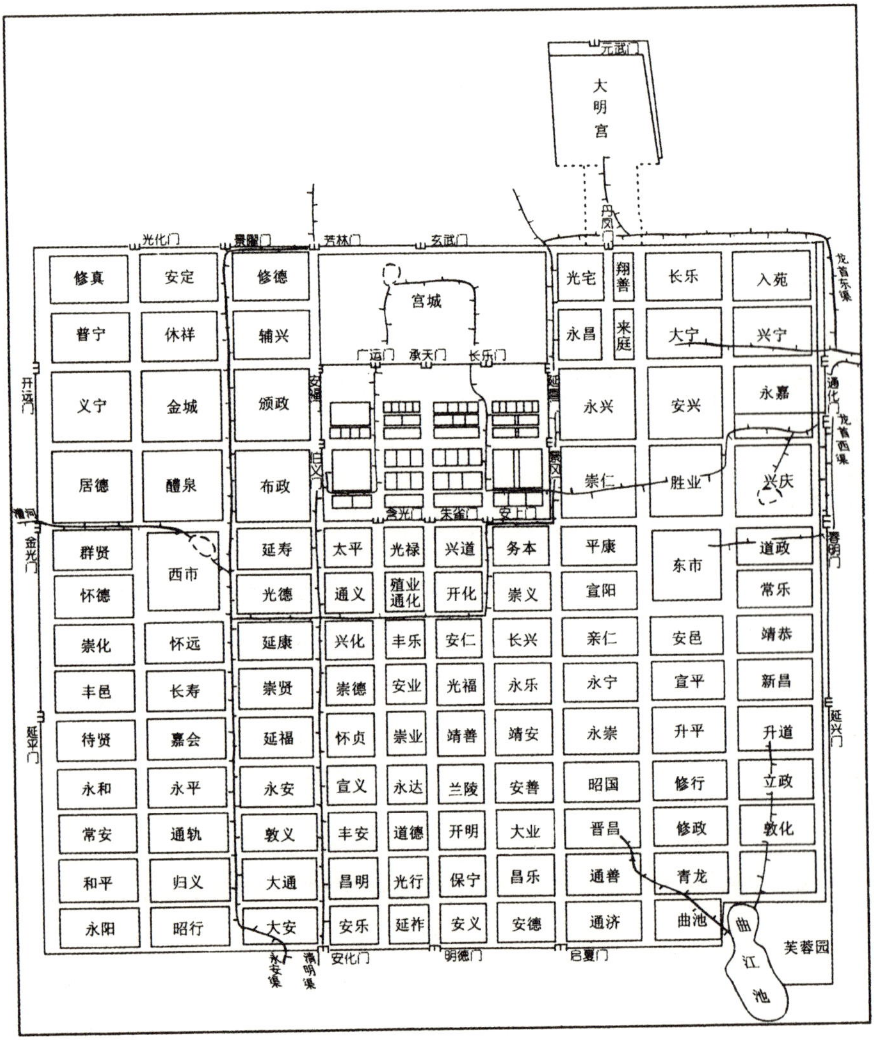
元武门
大明宫
丹凤门
光化门
景耀门
芳林门
玄武门
龙首东渠
修真
安定
修德
宫城
光宅
翔善
长乐
入苑
普宁
休祥
辅兴
永昌
来庭
大宁
兴宁
广运门
承天门
长乐门
开远门
义宁
金城
颁政
永兴
安兴
永嘉
通化门
龙首西渠
居德
醴泉
布政
崇仁
胜业
兴庆
含光门
朱雀门
安上门
漕河
金光门
群贤
西市
延寿
太平
光禄
兴道
务本
平康
东市
道政
春明门
怀德
光德
通义
殖业
通化
开化
崇义
宣阳
常乐
崇化
怀远
延康
兴化
丰乐
安仁
长兴
亲仁
安邑
靖恭
丰邑
长寿
崇贤
崇德
安业
光福
永乐
永宁
宣平
新昌
待贤
嘉会
延福
怀贞
崇业
靖善
靖安
永崇
升平
升道
延平门
延兴门
永和
永平
永安
宣义
永达
兰陵
安善
昭国
修行
立政
常安
通轨
敦义
丰安
道德
开明
大业
晋昌
修政
敦化
和平
归义
大通
昌明
光行
保宁
昌乐
通善
青龙
永阳
昭行
大安
安乐
延祚
安义
安德
通济
曲池
曲江池
芙蓉园
永安渠
清明渠
安化门
明德门
启夏门

唐长安城图

东方来客

一

灵龟三年十一月，元正天皇[1]改年号为养老元年。同年三月，大批遣唐使从难波[2]出发，远赴唐都长安。这是日本派出的第八次[3]遣唐使，距离上一次派出遣唐使已经十五年了。

此次的使节团由五百五十七人组成，多治比县守为押使，大伴山守为押使属下的大使，藤原马养为副使。“县守”为日本朝廷派驻在地方的官员，“山守”为管理山林的官员，而“马养”顾名思义，即为管理马匹的官员。随行的还有后来成为名僧的玄昉和吉备真备，以

[1]元正天皇：日本第四十四代天皇，日本史上第五位女帝，在位时间为灵龟元年九月二日（715年10月3日）至养老八年二月四日（724年3月3日）。

[2]难波：今大阪。

[3]从公元七世纪初至九世纪末约两个半世纪里，日本为了学习中国文化，先后多次向唐朝派出遣唐使团。这延续二百余年的遣唐史，在不同时期，组织、规模、交通路线都有很大变化。第八次遣唐使于养老元年（717年）出发，养老二年（718年）归国。

及诗人阿倍仲麻吕。阿倍仲麻吕只有十九岁，是以留学生的身份前往大唐的。

遣唐使历经千辛万苦，终于抵达长安。展现在他们眼前的，是一派与日本迥然不同的景象。没有一个人不为目之所及感到震惊与赞叹。

七年前，元明天皇[1]将都城迁到了奈良，并仿照长安城的格局兴建了平城京。就当时的日本而言，这无疑是一项难以想象的伟大工程。平城京东西三点七公里、南北五公里，从罗城门向北的通道，即为朱雀大路，宽达七十四米，到平城宫的正门朱雀门约有四公里。城中园林遍布、亭台众多、草木繁盛，美不胜收。日本人无不为拥有如此宏伟的国都感到自豪。然而到了大唐的都城，这些人全看傻了眼。长安城的规模竟是平城京的五倍之大，长安城的主道竟宽达一百五十米，怎不叫人叹为观止！

大唐鸿胪寺卿带领众官员在长安城外迎接遣唐使。鸿胪寺虽带个“寺”字，但并非寺院，而是官署名。在唐代的官制中，除了鸿胪寺，还有掌管祭祀的太常寺、管理马匹的太仆寺等官署，也都带个“寺”字。鸿胪寺主外宾之事，相当于如今的外交部，下设典客署和司仪署。当然还有通事，即翻译，他们接待起外宾来也是相当的郑重而专业。

---

[1]元明天皇：日本第四十三代天皇，奈良时代的首位天皇，女帝。在位时间为庆云四年七月十七日（707年8月18日）至和铜八年九月二日（715年10月3日）。

唐长安城由宫城、皇城和外郭城三部分组成。中央机构有三省（中书省、门下省、尚书省）、六部（吏、户、礼、兵、刑、工）、一台（御史台）、九寺（太府寺、司农寺、宗正寺、太常寺、光禄寺、鸿胪寺、卫尉寺、太仆寺、大理寺）、五监（国子监、军器监、少府监、将作监、都水监）等，都设在皇城之内。皇族居住的地方叫“宫城”，在皇城北侧。但是由于宫城地势较低、相对潮湿，唐太宗贞观八年，又在东北方的龙首原上建了大明宫，自唐高宗起，先后有十七位皇帝在此处理朝政。

皇城作为中央办公之所，富丽雄伟的建筑鳞次栉比。此次日本遣唐使就是在大明宫受到接待的。鸿胪寺坐落在承天门西七号，西边设有供外国使节下榻的四方馆。不过，只有重要人物才能入住该馆。按照惯例，团长级别的大人物所住的房间又与他人不同。

多治比县守作为押使，被安排在一个自带小花园的屋子里。接待他的是典客署丞李宜和通事曹茂，另有搬运行李的杂役。

曹茂的日语相当流利，而被问到师从何处时，他总是含糊其辞。遣唐使团的副使藤原马养略懂骨相之术，他私下对押使说：“就外形看，曹茂有点儿像日本人。”莫非他是流亡至大唐的日本人的后裔？不过既然曹茂本人不愿意明说，别人也不好勉强询问。

屋子里点着香，芬芳浓郁，押使在日本时，从未闻到过这样奇妙的香味儿。

待行李全部搬进屋子，曹茂毕恭毕敬地向李宜请示道："方才有个年轻人来客馆，说要求见押使，请大人指示。"

署丞是从八品下，官职不大，但往往就是这些人，最喜欢在下属面前颐指气使。

李宜慢悠悠地说道："押使长途跋涉，刚刚抵达，怕是累了，把那人打发了。"

曹茂补充道："是弘文馆的学生。"

弘文馆最初叫修文馆，是唐开国皇帝李渊于武德四年设置的，唐太宗即位后才改名为弘文馆。后来，为了避太子的名讳，先后改为昭文馆、修文馆，几番改名，开元七年再次改称弘文馆。本书的故事发生时，弘文馆实叫修文馆，不过民间还是习惯称之为弘文馆。

弘文馆是皇家学校，只有三品以上大臣的儿子或孙子才有入学资格。因只收数十名学生，非"性识聪敏"者，即便身份地位够格，也进不了弘文馆。可见，能够成为弘文馆学生的，必是非同寻常之辈。

李宜得知想见押使的是弘文馆的学生，态度陡然转变，先前盛气凌人地要赶人走，此时却改口道："既如此……且征询一下押使的意见……"

曹茂于是问多治比县守："有个叫贺望东的年轻人说想要见您，您看？"

"贺望东？"押使反问道。

曹茂连忙回道："大使若是不想见……"

押使答道："不，是我派人把他找来的。我有东西要交给他。"

尚在海上时，押使已提前三日派人乘快船向有关州府做了报告，包括此次来唐的原因、船只数、总人数等。因此，使节团前脚刚上岸，后脚就被迎进馆舍好生招待。

地方官见过押使，确认过文书，之后便要派人飞报朝廷，获得准许后，使节团重要成员方可进京。押使便委托地方官将自己想见贺望东一事一并呈报给朝廷。地方官自然不知道贺望东是何许人也，但因是押使的要求，也不多问，如实上报。

朝廷收到消息，安排接见事宜、加强戒备等自不用说，同时也派人给贺望东报了信。贺望东听说日本的使节将来长安，还指名道姓地要见自己，表面漫不经心，心里到底有些按捺不住。押使一进长安，他就跑来四方馆求见了。

"我这就去见他。"押使说着正要起身。

李宜听了曹茂的翻译，说道："不，把他叫到这里来，岂有劳押使大驾前去见他的道理。虽说是弘文馆的学生，毕竟身无官职，一国使节之首前去见他，实在不妥。"

到底是混官场的，思虑就是和别人不一样。

李宜派了个小吏去通传，并将那年轻人领了进来。

二

按照押使的吩咐，给大唐的贡品及其他行李都放进了四方馆的仓库中，而日常用品则搬进了屋子里。从难波出发的时候，皇室将一个三十厘米见方的小箱子交给押使，让他到了长安后交给一个叫贺望东的年轻人。小箱子不重，但封得严严实实的，不知装的是什么。押使将这小箱子和日常用品一同拿到了屋子里。因为是皇室交代的事情，多治比无时无刻不挂在心上，现在贺望东就在外面，把东西交给他，自己也完成了一项任务。

押使从信匣里取出一张纸，上头画着一个直径约五厘米的黑色半圆，切口处呈锯齿状。

不一会儿，一个年轻人在小吏的陪同下走进屋里。

“修文馆学生贺望东见过押使大人。”年轻人用日语自我介绍道。他皮肤白皙、五官端正，脸上带着笑容，看起来生活十分舒畅。

贺望东在押使对面坐下。和日本一样，当时所谓的“坐”，并非像今日这般坐在凳子上，而是在地板上铺上垫子，并膝跪坐。

贺望东看到了垫子上的纸，于是从怀中掏出一件形似半圆的东西来。这东西闪闪发光，想必是黄金制品。他把这东西放在押使铺开的纸上，和纸上的黑色部分拼在一起，二者正好组成一个完整的圆。

这就是“符验”。皇室将纸交给多治比县守时曾说：“将一个黄金圆盘弄成两半，一半用墨描在纸上，若有人拿着另一半实物来，且与纸上的半圆能契合上，那人就是贺望东。”

“能合上吧？”贺望东道。

那天，朝廷派来的人说：“日本来的大使不日就到长安，让你带上信物去四方馆见他。”

“信物？那是什么？”

“那就不知道了。”

贺望东思索了半晌，全身上下和日本有关系的东西，就只剩这个“金半圆”。这东西自他记事起就随身带着。

“不错。这个就交给你了。”多治比说着，把小箱子推到贺望东面前。

贺望东将金制的半圆揣进怀里，拿出一张纸条交给押使：“我来这里已经五六年了。我是日本人，不过取了个中国名字。您若是遇到什么困难，尽管派人来找我。这是我的住址。”尽管多年未见本国人，但贺望东并不啰唆，办完事便带着小箱子告辞了。

待贺望东离开，署丞李宜有些讪讪道：“有些文书尚需大使签署，虽官署就在旁边，但恐大使劳累，已将文书搬至本馆的公文室，还请大使移步。”

多治比当官多年，自然理解李宜想要尽快完成工作的心情，于是起身道：“好，这就走吧。”他的屋子北侧自带一个封闭的小庭院，院中树木稀少，有几块大石头，再往后是一堵相当高的石墙，南侧则是通往外边的走廊。

“虽说用不了多久，毕竟有行李在，谨慎起见，还是把门锁上吧。”曹茂这样想着，便吩咐管杂役的小吏锁好房门。

小吏听命，将屋子和庭院相通的对开大门关上，从屋里上了闩。曹茂提着前端带钩的铁制大钥匙，将靠近走廊的大门也上了锁。

日本的正仓院[1]现在还保存着唐代的这种钥匙，上头刻有花纹，外观精美，有银制的，也有镀银的，一般用于开启匣子或箱柜的锁。门锁的钥匙则要大一些，制造也相对粗糙。

四方馆占地广阔，规模宏大。因这里主要用于接待外来使者，在建造时便充分考虑了各国客人的生活习惯。日本人的住处和阿拉伯人的住处就迥然不同，前者是朝鲜式建筑，后者则是西域风格建筑。此外，由于外交关系瞬息万变，今天还是友好邻邦、明天就反目成仇之事屡见不鲜，为了减少此类客人之间的摩擦，各个住所是相互独立的。

[1]正仓院：日本奈良时代的仓库，在今奈良市。

如此一来，客馆内的结构便变得相当复杂。从最里边的屋子出来后，经过走廊、庭院，到最外头的公文室，足足得走五分钟。

早已过了当值时间，公文室空无一人。手续并不复杂，只是要签署的文书颇多。多治比一面签文书，一面想起了在《淮南子》中读到的一个词——繁文缛节。

“好了，就这些，辛苦您了。请回去吧。行程待明日与大使详谈。曹茂陪大使回屋。下官还要在此处理一些公务，就失陪了。”

曹茂将李宜的话逐字逐句地翻译给押使听，末了又道：“馆内屋舍众多，地方又大，稍不留神就会迷路。下官给押使简单介绍一下馆内的情况。”

夜幕开始降临，再过会儿就该全黑了，出了屋子恐怕连东南西北都分不清了。押使心中有些担忧，便道：“如此甚好。”

于是，曹茂热心地讲解起来。往那边走，是东边的庭院，穿过东院，有个门通往鸿胪寺官署。他边走边说，还特意将自己所说的地方一一指给押使看。这一路下来，曹茂可谓不遗余力，恨不得将整个客馆直接装进押使的脑袋。只是他讲得毫无条理，东一锤子西一棒子的，听得多治比如坠五里雾中，完全摸不着头脑。

偌大的客馆笼罩在昏黄的夕阳中，因在此下榻的高级使节不多，整个客馆显得格外空旷寂静。

多治比在曹茂的陪同下，总算回到了自己的住所前。

曹茂拿出钥匙，把大门上的锁弄得嘎嘎直响。

“啧！”他咂了一下舌头。

锁没打开。

曹茂拔出钥匙，重新插入锁孔。还是没打开。如此反复几次，不免急躁起来。

当初建造平城京时，多治比曾负责管理仓库，每天不知要开多少次锁，此时见曹茂如此不利索，便有些不耐烦。

这时，门总算开了。

曹茂让押使在走廊上等候，自己先进了屋，把连着小院的门推开，好让太阳的余晖照进昏暗的屋子。

“啊！”曹茂一声惊叫。

借着光线，押使看清情况，也吃了一惊。

屋子中间趴着一个身材颀长的人。

此人衣着怪异，他脚上穿的皮靴高至膝部，身上穿着紧身的褐色衣服，和押使所见过的大唐人完全不同。

押使问道：“他是谁？他怎么了？”

“估计是西方来的使节……看这打扮，像是波斯人。”曹茂走至那个人身边，弯下腰看了看，再次惊叫道，“啊，死了！……这、这还有血……赶紧去公文室，向、向署丞大人禀告！”他慌张地起身，把本打算进屋的押使挡在了走廊上。

三

多治比心情郁闷到极点。他奉天皇之命，千里迢迢来到大唐长安，还没好好歇歇，自己住的屋子里就发生了命案。

曹茂也是惊恐万分，他不停地舔着嘴唇，仍觉得嗓子发干冒烟。“走，走吧……署丞大人想必还在公文室，得向他汇报一下……方才离开的时候，门明明都锁上了……”

死了个人啊！

就现场来看，死者是被杀的。在一个门窗皆上锁的屋子里被杀，实在匪夷所思。

曹茂越想越感到脊背发凉。

押使要冷静一些，他拍了拍曹茂的肩膀道：“不必过于惊慌。”他这既是宽慰曹茂，也是宽慰自己。能够当上五百多人的遣唐使团的押使，多治比自然有一定的胆识谋略。他读书万卷，见识颇广，即便生在信仰鬼神的时代，也自有理性的判断。无论怎么看，一个人都不可能在完全封闭的屋子里被杀。莫非门没有锁好？曹茂开锁时“嘎吱”“嘎吱”的声音还在耳畔回响。毋庸置疑，靠近走廊的大门确实是锁着的。

多治比曾管理过仓库，对锁和钥匙颇有心得。他还专门研究过，希望造出新型的锁和钥匙。因此，说他是这方面的专家也不为过。

是通往小院的门没有闩上？多治比觉得也不可能。当时小吏下门闩的声音，他听得清晰分明。

不会是死者突然中风倒地撞出血的吧？多治比立马否定了这个荒唐的假设。因为即便真的发生此等荒谬的事情，其前提也是死者要进入屋子。问题是，死者究竟是怎么进入屋子里的呢？一定是他杀。问题是凶手杀人以后，又是怎么离开屋子的？

曹茂已经吓得魂不附体，连站都站不稳了。他慌张地出了屋子，用手背擦掉额头的汗珠，四下张望，茫然地问押使：“公文室在哪边？”

多治比感到不可思议，没好气道：“我才到长安，来四方馆也是头一遭，你日日出入此处，怎的反而问起我来？”

“啊，是，是……下官失礼了……”曹茂慌张地哈腰致歉，脑子里却仍是一团糨糊。

押使并未放在心上，毕竟自己是站在走廊上远远看着，而曹茂却是近身看到了死人，受到刺激语无伦次也在情理之中。

曹茂本想抄近道，可在院子里转悠了半天，一会儿沿着铺石小道走，一会儿又沿着院墙走，愣是没找出路来。

押使见状，建议道："不如走平日走惯了的路，想来还快些。"

"是，是……"曹茂抡起袖子擦了擦额头，回到走廊上。

多治比已然不对惊慌失措的曹茂抱有希望，他凭借着记忆，认出了走廊拐角处的八棱青铜蜡台。"这边。"

曹茂踉踉跄跄地跟上去。

"镇定一些。"多治比道。

曹茂总算稍稍镇定了一点，搞清了方向。

两人到了公文室。

署丞李宜果然还在处理公文。当时，他正在询问小吏一些细节，见了曹茂和押使，皱眉问道："怎么了？可是哪里招待不周？"以他的经验，已经回房的客人又折回来，准没什么好事，想必又是来抱怨被褥太硬、屋里漏风的。

曹茂这次没有翻译，而是直接回道："不是，不是。是、是有人死了！"

"有人死了？在哪里？"

"就、就在大使的屋子里……可、可能是被人杀掉的，都流血了，已经没气儿了。"

"大使的屋子里？我们不是才从那里出来吗？"

"是、是才出来。"

“屋里怎么会有人？你不是锁了门吗？”

“是、是锁了门，而且门锁也好好的，可、屋子里就是死了个人。”

“那人是怎么进去的？”

“属下不知。”

“你不是在梦游吧？”

“若真是梦游就好了，我还摸过尸体呢！”

“从刚才离开到现在，也不过一刻钟吧？”

“是、是的。”曹茂只觉得腿脚无力，瘫软地跪倒在地上。

李宜见曹茂的样子，这才放下手头的工作，道：“没出息的家伙！……既是有人被杀，就赶紧去通知金吾卫。鸿胪寺典客署可管不了这等事。”

四

日本养老元年，正值大唐开元五年。玄宗皇帝即位五年以来，大唐帝国可谓拨云开雾，阴霾尽散，到处都是欣欣向荣的景象。

自高宗皇帝驾崩后，武后称帝，即为武则天。她改国号周，掌政三十余年。神龙元年，中宗皇帝李显复位。但他重用皇后韦氏，甚至允许其参与朝政。韦后与武则天的侄子武三思关系暧昧，而她的女儿安乐公主又嫁给了武三思的儿子，双方是以结成了一股强大的政治势力左右着朝政。因此，《新唐书·睿宗玄宗纪赞》有云：“自高祖至于中宗，数十年间，再罹女祸，唐祚既绝而复续。”

中宗死后，大唐陷入权力纷争之中，最终由李隆基掌握大权，登上帝位，即玄宗皇帝。“女祸”自此告终。或许是重新由男性皇帝掌权的缘故，长安城内洋溢着不同于武则天、韦后时期的气氛。最显而易见的，要数花街柳巷生意之兴旺。

贺望东正在掬水楼喝酒。

掬水楼在皇城东南方的平康坊中，与皇城只有一道之隔。所谓的“坊”，是指主要街道之间的区域。长安城的主要街道，南北十一条、东西十四条，一共有一百一十个坊。坊有坊门，每天太阳一西斜，鼓声便响了，待八百响之后，坊门关闭，禁止出入。平康坊的西邻是务本坊，国子监就在其中。换句话说，长安的花柳街紧挨着官厅街和学府街。

“看样子今日是回不去了。”

其实贺望东压根儿就没想走。八百响鼓声敲完少说也得半个时辰，当初制定此规矩，就是为了让外出的人有足够的时间回到自家所在的坊内，或者到亲戚家中留宿。

贺望东将手中的酒一饮而尽，然后躺下来，脑袋枕在一位女子的腿上。

女子名叫小凯，是掬水楼的歌妓，体态丰腴，独具韵味。她一边轻柔地抚摸着贺望东的头发，一边劝道：“你该回家看看了，莫问爷爷在等你呢。”

一般的烟花女子都会劝客人在此过夜，小凯之所以劝贺望东回去，是因为贺望东在她这里已经住了很多天了。

“明日再回去。”贺望东的语气淡淡的。

小凯所说的“莫问爷爷”是贺望东的监护人，全名真人莫问。他是从日本来的，脾气有些古怪，人品自然没得说，就是嘴太碎。为了躲开他的碎碎念，贺望东常常流连于康平坊的花街柳巷。不过是该回去一趟了，至少要将会见日本使节的事汇报一下。还有那个小箱子，他至今没打开，倒不是不好奇，只是觉得最好当着老头儿的面打开。只是一听到老头儿的名字，他还是会觉得浑身发毛。他有点儿不悦地说：“温香软玉在侧，谈那糟老头儿做什么！”

就在这时，小凯的丫鬟撩开竹帘道：“遥大鲸大人来了。”

“遥大鲸？我不记得叫他来了呀。”贺望东说。

“我也不记得你叫我来。”一个男人从丫鬟身旁直闯进来。虽名为大鲸，却是个不足五尺的矮子！

“得，得。一大一小到齐了。来，好好喝一杯。”贺望东的脑袋仍枕在歌妓腿上。

歌妓名为小凯，闯进来的矮子名为大鲸，贺望东风趣地称他们为“一大一小”。

“今日我可是有正经事。”遥大鲸大摇大摆地走进来，一屁股坐在贺望东和小凯旁边。贺望东经常请他吃饭喝酒，他平日里收敛得很，有时还给贺望东斟酒，今日却是一副威风凛凛的样子。他两个胳膊往胸前一抱，又道：“今日不喝酒。”

“可不是嘛，就这样子，瞧着也不像是来要酒喝的。”

小凯的话中有讽刺之意，遥大鲸却像完全没有听出似的，一本正经道：“我是为了公事而来。我要问你一件事。”

小凯嗔怪道："何必如此严肃呢。"

遥大鲸在金吾卫当差。他也算是名门子弟，因不爱念书，进不了国子监，就在衙门里寻了个差事。要知道，能进金吾卫的，哪怕是最低的职务，也没有那么容易。自古坊间便有语云："仕宦当作执金吾，娶妻当得阴丽华。"阴丽华是后汉光武帝的皇后。能娶到阴丽华那样才貌双全的女子，能在威武的金吾卫做官，这是大唐男子梦寐以求的。

长安城有两个金吾卫，左金吾卫在左街的永兴坊，右金吾卫在右街的布政坊。一左一右两个金吾卫在皇城两侧严密地注视着整个长安城。金吾卫在城内巡逻，既是为了维护治安，也是为了彰显朝廷的威风。因此，金吾卫挑选的人，大多体格魁梧、相貌俊秀。而遥大鲸能进金吾卫，不用说，是靠走后门的。当然，像身着华服骑马巡逻这等差事，是落不到他这矮子身上的。他的主要工作就是搜查罪犯，因此，他天天在左街奔走。

贺望东头也不抬，只是睨视了一眼遥大鲸，道："问我吗？"

"不错。"大鲸顿了一下，"你今日可是去了四方馆？"

"哦，去过。日本使节来了，我去拜访了一下。离开后我就到这里来了。怎么了？"

"就是今日来的那个日本大使，他屋子里死人了。"

"什么？"贺望东这才抬起头来。

"就在你离开以后。"

“谁死了？该不是押使吧？”

“那倒不是。是个叫阿星的人。他也是四方馆的客人。”

“是那个家伙呀……”

阿星在长安城可算是相当有名的人物。长安属于国际性的大都会，商贸往来频繁，各色人等齐聚，城中甚至还有摩尼教、伊斯兰教、基督教等的建筑。阿星可以说是长安国际化的一个缩影。他的爷爷是波斯人，奶奶是中国人，他的混血儿父亲，娶了一个回纥女子为妻。

阿星的父亲嗜钱如命，仗着自己有外国人的血统，在四方馆内白吃白住。阿星在长安出生，虽不是外国使节，但也在四方馆占了一个房间。

“阿星死了，这下麻烦了。嫌疑人可不少，光长安城里，估计就有几百人呢，连我也有嫌疑啊！”大鲸说道。他曾经为了还赌债而向阿星借钱，后来被阿星索命一般追债，吃了不少苦头。

贺望东坐起来，凑到大鲸身边道：“既然你是来向我了解情况的，且把事情详细地说给我听听。”

五

贺望东何许人也？老实说，他自己也是稀里糊涂的。这世上还有比不知道自己是谁更糟糕的事情吗？他是六年前来大唐的。在那之前，他一直在日本，可连他自己也说不清是日本的什么地方。他只记得离国都不远，在宫廷中讲学的博士们还会特意来他的住处为他上课。而且，从周边的人对自己的态度中可以想见，自己的身份必然与众不同。但是，谁也没有告诉他身世。

从贺望东记事起，真人莫问就在身边服侍自己。他不止一次地问老头儿自己的父母是谁、在哪里，可老头儿每次都悲伤而肃穆地直摇头。贺望东长到十岁，就不再问了，反正老头儿也不会说，不如自己去寻找答案。就这样，他养成了凡事都要一探究竟的性子。

至于为何来大唐，贺望东也是云里雾里的。那是六年前的一天，真人莫问眼泪汪汪地对贺望东说道：“您就要去大唐的长安了。老奴会陪着您。”

“为什么要去这么远的地方？”贺望东问。

“您就不要问了，去了便是。大唐虽远，到底比日本大得多，也繁华得多。无论如何，总比等死好啊。”

总比等死好。

贺望东就因这莫名其妙的理由，被莫名其妙地带到了长安。好在他天资聪颖，适应性极强，很快学会了长安话，融入了长安的生活，还进入了弘文馆。不过，弘文馆每年只收三十多名学生，且都是皇族贵戚及高级京官子弟，贺望东能进弘文馆，更多的是因其身份之特殊。这一点，从大唐皇室对他的特殊礼遇亦可得到佐证。

贺望东探究多年的身世之谜在这里找到了一把钥匙，这让他欣喜万分。自己和日本皇室有关，这是毋庸置疑的了。只是究竟是怎样的关系呢？他找不到锁孔，因此又有些焦急。白天去见多治比时，贺望东并未问起自己的身世。他想，估计押使也不知道，最多说一句“和皇室有关”这种明摆着的废话。

现在四方馆出人命了，就在他白天去过的那个屋子里。

贺望东听完遥大鲸的讲述，不以为意地笑道：“这有什么难的，不都明摆着吗？”

大鲸认真地说道：“别开玩笑，说正经的呢。门窗都关得好好的，人在屋子里被杀，连金吾卫里当差多年的人都说了，这种怪事，自有金吾卫以来还没有发生过呢。”

金吾作为官署名，自汉代就有了，最初叫执金吾。“金吾”即“金乌”，是传说中有三只脚的神鸟，主驱逐污秽不祥。天子出行时，长官手执金吾之像，在前警示戒备，因以为官名。隋炀帝时改为左右候卫。唐龙朔二年，采用执金吾旧名，改称左右金吾卫，设大将军、将军及长史、诸曹参军。

这等密室杀人案件纵使诡异，但金吾卫自设置以来已有几百年，若说从未遇到过，未免夸大其词。大鲸却相信了。

贺望东说道：“我问一件事。走廊一侧的大门钥匙是曹茂拿着的，不过应该不会只有一把吧？”

“这个嘛……各个屋子的钥匙都有一把备份，放在客馆的公文室中，以备不时之需。”

“大鲸，你有大好的前途，将来定能出人头地。”

贺望东突然改变话题，大鲸被唬得一愣，继而有些难为情地晃了晃肩膀道：“你怎么说起这个来了？”

贺望东笑道：“每个人的脑袋都是一张网，要让思绪在这张网中游刃有余。你在这方面还不足啊。”

大鲸面露愠色：“啥玩意儿？你是说我没脑子？”

“非也。你在叙述整件事的时候颇得要领，这可是一般人所不具备的本事。”

大鲸的脸色这才缓和下来，他一面观察着贺望东，一面随意附声道：“是吗……”

“老实说，在这一点上我甘拜下风。方才你要我讲讲在四方馆会见日本押使的情景，真是要了我的命。虽然我心里一清二楚，可要让别人也听得明白，还真不是一件容易的事啊！”

大鲸不经夸，这不立马就笑开了：“哈哈，过奖了！自进金吾卫以来，我可是受了严格训练的。如何准确地报告一件事，这不过是基本功罢了。”

“听你说完，感觉谜底已经呼之欲出了。”

“哦？真的？你知道凶手是谁了？”大鲸是个急性子，连忙追问道，恨不得立马去把凶手抓了。

“我又没说谜底已经出来了。”

“嗨！你也不知道啊！”

贺望东想了想说：“给我两天时间。两天后的这个时候，你来这里。到时我告诉你谜底。若是我不在，会把答案写在纸上，让小凯交给你。如何？”

“果真？那太好了！”

大鲸和贺望东相交多年，彼此已是相当的了解。对于这个来历不明的贺望东，大鲸最佩服的就是他的探查能力。见贺望东一副成竹在胸的样子，大鲸不由得松了口气。这家伙有能耐！信他准没错！这样想着，大鲸不觉绽开了笑容。

“你的公事办完了吧？”贺望东问道。

“哈哈，完了，完了，可惜回不去了。鼓声马上要停了。”大鲸说着无奈地笑起来。

“这么说，是打算留在这里一起喝酒了？”

“不然呢？”

“狡猾！”贺望东笑着拿起酒壶。

宵禁的鼓声一停，一般人确实无法进出坊门。但是宵禁之后，金吾卫还要负责巡街，就算大鲸不是巡街的，若想进出坊门也不是什么难事。说白了，这矮冬瓜无非是想留下来蹭一顿免费的酒。

六

转眼两天过去了。遥大鲸按照约定兴冲冲地来到掬水楼。

哈巴狗在门口汪汪叫着迎客。

浓妆艳抹的老鸨高声道：“遥公子啊，贺公子没有来！”

大鲸没有理会，大摇大摆地进了楼，反正贺望东在不在不打紧，谜底在就行。

鹦鹉用嘶哑的声音欢迎道：“请进，请进。”

大鲸走进前两日和贺望东约定的房间。里面没有人，不过丫鬟已经去通传。不一会儿，小凯来了，她身姿摇曳，衣着光鲜，待人接物落落大方，不愧是长安城中数一数二的名妓。

“让您久等了。”小凯说着，将一个信封交给大鲸，“这是贺公子让我转交给您的。”

大鲸拉过一张高椅，一屁股坐下，迫不及待地打开信封。大鲸虽不爱读书，但也不是睁眼瞎，他读着信，眼睛越来越亮，最后一拍大腿叫道："原来是这样！"那一拍可不轻，但他完全没有感觉到痛。"全明白了！这个贺望东，还真有两下子！"他把信塞进信封，揣进怀里，一刻也不耽搁地跑出了掬水楼。

小凯在他身后嗔怪道："也不知说个谢字。"

再说贺望东，他其实就在掬水楼的上房里。在大鲸进来、小凯出去之前，他一直枕着美人的大腿躺着。小凯回到上房，在离贺望东不远的地方坐下。

"他不知怎么的，发疯似的跑出去了。"

"是吗？想必是案件有望侦破，他高兴吧。毕竟在金吾卫当差这么久，他还真没立过什么功……过来，还是躺在你腿上舒服。"

小凯凑了过去。起身时，不慎带起了裙边，露出了雪白娇嫩的腿。若是外出，纵使是妓女，裙子里面也是穿裤子的，还会在脚腕处用带子束上，不过在接待客人时常常不穿裤子，尤其是天热时节。长安残暑未消，小凯的绢裙下便是修长白嫩的腿。

贺望东把脑袋直接枕在小凯光滑的腿上，手不自觉地抚摸着小凯的肌肤。

"香汗薄衫凉，凉衫薄汗香……这样躺着倒是无比惬意。"

小凯抚弄着贺望东的脸，娇声问道："前两日听遥公子讲案子，我也觉得匪夷所思。这才两天工夫，你果真弄清楚了？"

"自然。就算再复杂的事，只要进了我的脑袋，总能理出头绪来。

这可是我从小练就的本事。”

“我可以听听吗？该不是不能说吧？”

不该问的不问、不该说的不说，这是行业的规矩。小凯是名妓，自然知道这一点。不过她与贺望东相交甚深，在好奇心的驱使下，她以探寻的语气问道。若是贺望东不愿意说，她是绝对不会继续追问的。

“倒也没什么不能说的。”贺望东想了想道，“反正离宵禁还有些时候，闲着也是闲着，就给你说说吧，权当打发时间。”

在一般人看来，“密室杀人”实属诡异案子，而在贺望东看来，凶手的致命错误正是把现场伪装成密室。

诚如大鲸所说，阿星和他的父亲一样，是个不折不扣的守财奴。他到处放高利贷，逼债又紧，多少人对他恨得牙痒痒的。四方馆终究是客栈，对于出入者并没有严格的限制，扮成小厮或杂役混进去还是比较容易的。因此，若是房间没上锁，嫌疑人确实有几百人，可偏偏房间上锁了，这就一下子缩小了范围，而且，嫌疑最大的就是能打开门锁的人。

“能打开门锁的人？钥匙是通事大人拿着的，可他寸步不离地陪着大使呢。”

“不错。所有只剩下一个人了。”

“谁？”

“典客署丞李宜。”贺望东说着，拧了一下小凯的小腿肚。

小凯不由得身子一颤，不知是因为疼，还是因为过于吃惊。

七

一日前，贺望东以拜见日本来的押使大人为由，再次去了四方馆。他此行有两个目的，一是向多治比本人确认事件经过，二是借多治比的身份之便去案发现场查看一番。

原本贺望东还怀疑，凶手或许是一位开锁高手，也有可能是从小院的高墙翻进来后撬开门闩进的屋。然而经过对门锁和门闩的查看，并未发现任何撬动的痕迹。且多治比作为这方面的专家，也信誓旦旦地说门和锁绝对没有被人为损坏过。因此，贺望东把目标锁定在了手握钥匙的两个人身上，即曹茂和李宜。但曹茂自始至终都陪着多治比，那就只剩李宜了。

“可是，你说的那个李大人不也一直和大使在一起吗？而且命案发生后，大使和通事大人去公文室找李大人时，他正在和小吏谈公事呢。”小凯说。

“没错。可他仍疑点重重。”

“什么疑点？”

贺望东慢悠悠地说道：“那家伙说有文书需要签署，把大使带去了公文室，这就很奇怪啊。文书又不重，叫小吏拿到客房来不就好了？昨日我去见大使，大使告诉我，那天他本来是要亲自出去见我的，但是被李宜拦下了，说什么我是身无官职的后辈，让大使亲自出去见不成体统，这才叫小吏带我进了大使的屋子。照他的大道理，让舟车劳顿的大使马不停蹄地去公文室签署文书岂非更不成体统？”

“话虽如此……或许是考虑到文书重要，搬来搬去怕有闪失呢？”

“都已经从鸿胪寺搬到四方馆的公文室了，还会在意多走几步路搬到大使的屋子里去吗？他分明是想支开大使，因为他要在屋子里做手脚。”

“你是说杀人？”

“非也。他是要把阿星的尸体放好。”

“你的意思是，那个时候，阿星就已经死了？”

“没错。我第一次去见大使时，屋里点了很浓重的线香，当时并未多想。但昨天去见大使时，他的屋子里并没有点香。出来的时候，我问了客馆的杂役，才知道若不是客人要求，客馆一般是不点香的。那就奇怪了，大使先前的屋子，好端端的干吗要点浓香？其中必定有鬼。”

“这和阿星的死有什么关系？”

“点香是为了掩盖尸体发出的气味。”

“你是说阿星的尸体一直在屋子里？”

“聪明！”

“难道大使之前都没有发现？”

“他前脚刚进屋，后脚我就去找他了，接着又被李宜催命似的催去了公文室，根本没有好好看过屋子。更何况，凶手自是把尸体隐蔽好了，总不能让其大大方方地暴露在外。”

“可这也不能说明人是李大人杀的呀！他和阿星有什么深仇大恨，竟至于下此毒手？”

“这你就有所不知了。阿星放高利贷，这是众所周知的事。本来嘛，李宜当他的官，阿星混他的道，井水不犯河水。可谁都有火烧眉毛的时候。这李宜也不知犯了什么浑，竟向阿星借钱，且数额庞大。就靠他那点儿俸禄，恐怕一辈子也还不上了。这阿星催债堪比催命，李宜日子想来不好过。他是朝廷命官，若是阿星到鸿胪寺卿或御史台去告他个欠债不还，那他的仕途也就到头了。钱是还不上了，那就只好堵住阿星的嘴，最安全的办法，自然是杀了他。”

贺望东这些推论并非空穴来风。他在这长安城混了这些年，为了弄清自己的身世，结交了不少纨绔子弟和三教九流。这两日他特意在长安的街头巷尾“闲逛”，得到了两个重要信息：其一，在日本遣唐使团达到长安的前两天，有人还见过阿星，而之后他就消失不见了，四方馆的杂役也证实了此事；其二，阿星曾对人说李宜从他这里借了一笔巨款，有这个护身符在手，他就没有后顾之忧，云云。

“如此说来，这个李大人确实有杀人动机，而且也有大门的钥匙……可他为何要在客馆中将人杀害？这样岂不是连他自己也有嫌疑了？”

“这就是他的聪明之处。客馆是他的地盘，要神不知鬼不觉地杀死一个人，比在外面可容易多了。但日本使团来长安在即，长安城和四方馆都加强了戒备，活人蒙混进出还有可能，要搬个尸体出去可不容易。一旦尸体被发现，自己作为典客署丞，是无论如何也脱不了干系的。要让自己摆脱嫌疑，最简单的方式，就是制造不在场证明。所以，他利用日本使团来唐的机会，把现场布置成刚刚发生命案的样子，模糊了杀人时间，也摆脱了自己的嫌疑。这样一来，即便是在自己眼皮子底下发生了命案，也顶多落个管理不善的罪名。这可比杀人轻得多了。”

“等一下……李大人先是和大使在一起，后来又一直在公文室，有小吏做证呢，根本没有时间去布置现场啊。”

“他有时间。”贺望东看了一眼小凯，继续说道，“曹茂一直在替他争取时间。”

“曹通事？”

“大使签署完文书后，曹茂以为他介绍馆中情况为由，走了不少冤枉路。李宜对馆内情况熟门熟路，他有足够的时间拿着钥匙抄近道去大使的屋子。待布置完现场，他再抄近道返回公文室。为了不引人怀疑，他还特意叫了个小吏来，伪装成一直在处理公文的样子。”

“明白了……若曹通事被李大人收买了，那么在发现尸体后，他惊慌失措以至于在馆中迷路，也是装的了？”

“不错，这也是为了替李宜多争取一些时间。只要李宜有完备的不在场证明，就算以后被查出曾向阿星借过高利贷，也不会被认为是凶手。何况，高利贷者罪大恶极，人人得而诛之，最后实在查不出凶手，老百姓也会当这是上天的惩罚。”

“实在难以置信，堂堂典客署丞，竟然……贺公子果然天资过人，什么诡计都瞒不过您。”

“这还多亏了大鲸这小子，若不是他交代得清楚到位，我还得多花一番工夫呢。”

那天听完遥大鲸的叙述，贺望东就开始怀疑李宜了。这两天经过走访暗查，他几乎可以确定李宜就是凶手，但要定罪，关键是凶器和证人。

用兵之道，攻心为上。最容易拿下的自然是曹茂。

西域来使频繁，相关的通事自然事多钱多，加上无事时还可以帮助往来客商做做翻译，生活可以说是有滋有味。可日本已经十五年没有来使了，隔着茫茫大海，客商自然也极少。曹茂虽任通事，却因不是正式官员，没有事的时候是不拿俸禄的。因此，和其他通事相比，曹茂的生活可以说是捉襟见肘。而且，曹茂因被怀疑是流亡到大唐的日本人的后裔，总被当作外人而受到排挤，他性子又软弱，李宜一威逼利诱就屈服了。

贺望东找到曹茂，直截了当地分析了利害关系。这曹茂到底不傻，也知道纸终究包不住火，战战兢兢地交代了所有的事，只求能换得一命。

有了证人、证词，李宜想赖也赖不掉了。

因贺望东求情，刑部只将曹茂革职、贬为奴隶，并赐给了贺望东。换句话说，贺望东作为主人，对曹茂有生杀大权，也可使其成为自由身。

贺望东对刑部的这个处置很满意，同时对自己的身世有了进一步的感受——在这异国他邦，自己的话仍相当有分量，可见自己的身份确实非同一般。他是六年前来到长安的……但奇怪的是，无论是日本的史书，还是中国的史书，都没有记载那一年有遣唐使。

“你在想什么？”小凯见贺望东忽然不说话了，便问道。

贺望东回过神来，低声道：“开始敲鼓了啊……”

宋代的《册府元龟》一书中提到：“（景龙）五年……十月丁卯之日，日本国派使朝贡。”押使正是真人莫问。在鸿胪寺的奏折上，还有押使请求参拜孔庙的记载。“景龙”即是前文提到的中宗皇帝李显的年号。历史上，景龙四年改元为景云，因此并没有“景龙五年”一说。而贺望东正是在这不存在的“景龙五年”来到长安的。这似乎注定了贺望东的身世将永远是个谜。

上元夜谭

一

一元复始，万象更新。

大唐在一片喧闹中迎来了开元六年。

正值上元佳节，长安城淹没在千灯万花之中。街道两旁挂满了形态各异的灯笼，各家门前也都换了新灯，有玉兔、老虎、猴子、龙等新奇的灯笼，也有画着八仙过海、嫦娥奔月等神话故事的传统灯笼。有的挑起长竿，挂出一面面五彩斑斓的灯笼墙；有的直接挂在树上，装点出一株株绚丽夺目的灯笼树。

宰相苏味道曾作诗云：“金吾不禁夜，玉漏莫相催。”一年当中只有上元这一天长安城允许夜行，因此虽非春宵，却也是一刻值千金。

晌午刚过，人们就已经按捺不住，纷纷上街观灯赏玩。无论是达官显贵还是平头百姓，在这一片人山人海中，都不过是熙熙攘攘的观灯者中的一员。

贺望东带着此次随遣唐使来长安的日本留学生阿倍仲麻吕去逛

西市。

朱雀大街把长安城一分为二，东西两边各开辟了一个市场，是为东市和西市。东市靠近三大内，即西内太极宫、东内大明宫、南内兴庆宫，周围坊中多为皇室贵族和达官显贵宅第，故市中多上等奢侈品。而西市不仅是平民百姓的市场，也是各国客商集聚之地，占地之广、商铺之多蔚为壮观。

阿倍仲麻吕自幼聪颖好学、才华横溢，当贺望东问他为何来大唐时，这个年轻人不假思索地答道："我来是为了学习大唐先进的文化。"

贺望东笑了笑，既有些佩服他的抱负，又不免担心他有些自负，便说道："志向高远，只是不可过于心急啊。"

"大唐文化博大精深，我国望尘莫及，我辈须夜以继日，方能汲取一二，为我日本做些贡献。"

"嗬……"贺望东看着这个目光炯炯的年轻人，自知劝说无益，不如带他去玩，看看真实的大唐长安，于是两人就到了西市。这里除了贸易买卖，还有众多有趣的民间艺术。有的搭个小棚当街表演；有的围个圈子现场卖艺；有的在酒肆茶馆中演出；还有的专门开了个馆子，小厮在门口热情地招揽顾客。

"想看点儿什么？"

阿倍仲麻吕初来乍到，听不懂当地语言，觉得看看也不错，便说："就看最能反映大唐特色的吧。"

“入魔了。”贺望东有些无奈，他在长安混了六年，对这些表演耳熟能详，也不知哪样最能表现“大唐特色”，便道，“那就随便看看吧，若是觉得没意思再换一个。”

“也好。”阿倍仲麻吕附和道。

正在这时，贺望东听到后边有人叫自己：“望东兄！”听声音像是遥大鲸，可贺望东回头看了一眼，并未见那小子身影。

“在这儿呢！”

贺望东的目光再次在人群中寻找，总算在两个高大的男人后边，看到了矮子遥大鲸，他就像挂在那两个人的胳膊下似的。

“来得正好，有事儿要问你呢。”贺望东道。

“什么事儿？”大鲸好不容易从那俩大高个儿后边挤到贺望东面前，有些期待地问道。

“不是什么要紧的事。就是想问问，西市中可有比较有趣的、有特色的玩意儿？”

“嗨，我还以为什么事呢，果然没什么要紧的……”大鲸不免有些失落，不过很快恢复了神气，他想了想道，“围美姬！那个不错。”

二

所谓的“围美姬”，就是将飞刀、镖或箭射在美女周围的一种技艺。美艳的女子后背靠着木板，双臂张开，投掷者以她为目标，将几十枚利器围着美女扎在木板上。排列越紧密有序，就越能博得阵阵喝彩。若是美女稍稍晃动，就有可能被划破皮肤，甚至受重伤。

长安城会聚了各色高人，功夫不到家的半吊子是难以站稳脚跟的。在西市台上演出的“围美姬”之所以能够吸引大量围观者，一则作靶子的女子一个比一个美艳，二则是她们要被利器齐齐整整地围上三圈。

贺望东和遥大鲸带着阿倍仲麻吕挤进人群里。首先出场的是一个男人，他投掷的是普通飞镖。一连几十发，刀片闪闪发光，在距离美女的身体大约十厘米的地方，整整齐齐地排开。接着另一个手持短弓的男人出场了。他面容镇定地连射几十支红色的箭，每一支都正好钉在美女和飞镖之间，围成一个红色的人形圈。最后一个男人出场了，他表演的是吹箭，即用嘴把箭吹出去。箭是橘黄色的，射在红色箭和美女之间狭小的空间上。

由此，从外到内围着美女的是白色刀片、红色箭、橘黄色箭，密密麻麻又轮廓分明。观众先是直冒冷汗，接着大声叫好，如此反复，只觉畅快过瘾。

“怎么样？精彩吧！”大鲸有些得意地说道。

“确实不错。了不起！”贺望东语气中带着佩服。这样的技艺，在长安城恐怕是绝无仅有的，难怪大鲸要带自己来看这个，“只是……”

“只是什么？”大鲸问道。莫非贺望东还觉得不够过瘾？

“没什么。”贺望东掩饰过去，道，“这么多人，恐怕不全是为了看表演吧？”

“不看表演，还能看啥？”

“想必很多人都是冲着美女来的。”

“这倒是……那个女人确实漂亮……”

“把这样的女人当作靶心……多少人其实是想看看她有什么反应……”

“什么反应？”大鲸显然没有理解贺望东的话。

贺望东没有解释。刚才看表演时，他仔细地观察着美女和看客的表情。大唐民风开放，女子出行也相对自由，但观看“围美姬”的八成以上都是男人。被当作靶心的美女身体不得动弹，但终归做不到面无惧色，面对齐刷刷飞向自己的利器，或吓得闭上眼睛，或紧咬着牙撑着，内心种种细微的活动都表现在脸上。观众之中就有不少人偏偏喜欢看美女的表情，以此获得心理上的满足。就连出场表演的那三个男人，似乎也沉醉在女人的面部表情中。

表演看够了，贺望东等人走出演艺场。遥大鲸和坐在演艺场门口的男人打了个招呼。那男人正端着一碗冰水喝着。当时长安夏日暑热，冬日结冰，故有于冬季藏纳冰块于冰窖以供来夏使用的风习，但是多由宫廷、政府专门管理，因此一般平民在夏季很不容易喝到冰水。但是冬天就不同了，冰随处可见。长安气候干燥，嗓子容易发干，很多人都会在冬日喝点儿冰水缓解。此人喝的冰水叫作浆，是在甘蔗水中放入冰块而成，因而略呈褐色。

“啊，遥大人……”喝冰水的人赶忙放下碗满脸堆笑地迎上道。

“我看今天上座人都满了，赚大了吧！”大鲸说道。

原来此人就是这个班子的班主。

他嘿嘿地笑道：“哪里哪里，只是过得去吧……”他五十岁上下，又瘦又矮，动作却相当敏捷，眼睛也滴溜溜地灵活得很。他不停地对这位金吾卫大人点头哈腰。

贺望东见他的样子，觉得这是个不好对付的老油条。走到西市出口处，他才说道：“刚才那个人，看起来不简单。”

大鲸赞道：“不愧是贺望东，动若明火啊。我跟你说……”

这个班主本名曲明基，因避玄宗皇帝的名讳而改为曲明其。五六年前，曲明其独自登台表演“围美姬”，集飞镖、射箭、吹箭三种技艺于一身，从未出现过任何差池，树立了口碑，赚了不少钱，于是开了这个场子。如今表演的是他的三个徒弟，飞镖王义，射箭孟悦道，吹箭宋卓。

末了，大鲸感叹道：“确实是个非同一般的人，不过现在好像一心只想着赚钱了。”

“他不表演了？”

“眼睛不行了，演不了了。那种活计，眼神儿最重要。再说，当个领班也不错，比起亲自登台，赚得多还省心省力。”

三

上元节无宵禁，男女老少纷纷上街观灯。有些人回家以后，也仍打开窗户，想多看一会儿外头的喧闹景象。

贺望东和大鲸告别后，带着阿倍仲麻吕在街上东游西逛了一阵子，然后进了平康坊掬水楼。贺望东预定了二楼角落的房间。小凯作陪。

贺望东简单地把阿倍仲麻吕介绍给小凯，又道："找一个年轻的姑娘来。"

小凯聪慧过人，知道贺望东是要给阿倍仲麻吕找姑娘。不一会儿，她带着一名红发蓝眼睛的胡人女子进来了。

"这是碧云。从波斯来长安不过半年，中原话说得不利索，还请这位大人多多包涵。"

贺望东暗暗赞叹，不愧是小凯，选得正合适。阿倍仲麻吕眼下正拼命学习中原话，但仍说得磕磕碰碰，本就拘谨得很。若是小凯找个年纪稍大的、爱说话的姑娘，以阿倍仲麻吕一条筋的性子，拂袖而去也未可知。现在两人年龄相仿，中原话的水平也差不多，相处起来自然轻松些。

“我叫碧云。”胡人女子以笨拙的中原话自我介绍道。

“阿倍……仲麻吕。”只说这一句，这个年轻人就已经满脸通红。

“大鲸这小子还不来，酒只好一会儿再喝了。走，灯不错，陪我看会儿。”贺望东说着走到阳台上。

小凯跟了出来。屋子里就剩阿倍仲麻吕和碧云两人。

“就剩他们俩行吗？需要叫个丫鬟吗？”小凯靠着栏杆低声问道。

“行。这小子太规矩，年纪轻轻就一板一眼的，就让他单独和美女待着，最好能做出点儿出格的事来。”

小凯不禁笑起来，道：“你怕是要失望了。依我看哪，他定不会做出出格的事来。”

“你也这么认为？”贺望东有些无奈道，“到底太年轻了，对什么都过于理想化。我只是希望他能稍稍放松一下。”

“我明白。碧云不黏人，你放心吧。”

“这个碧云……”贺望东想了想，道，“有点儿像西市‘围美姬’被当作靶心的那个女人。”

“哦？那个女人好像很有名……听说男人都喜欢看被飞镖和利箭围着的女人……”

“男人都喜欢看女人受罪，并从中感到快乐。”

“是吗？”小凯说着靠近贺望东，声音也更低、更柔了，“我也愿为贺公子受罪……”

贺望东把手放在小凯肩上，将她揽入怀中。仰望天上皎洁的明月，俯瞰满城辉煌的灯火，又有温香软玉在怀，真真是“但愿人长久，千里共婵娟”。贺望东的手不自觉地探寻着小凯身上最柔软的地方，两人就这样静静地依偎了许久。

蓦地，贺望东像想起了什么似的说道：“什么时辰了，大鲸这小子怎么还不来！”

小凯扭着身子站直道：“这种时候还想着别人，贺公子果然够朋友呢。”

贺望东听出了小凯话中的挖苦之意，解释道：“面对如此美景美人，自然想喝点儿酒，这才想起了他。”

“是吗？”

说曹操曹操到，大鲸从走廊那头走了过来。

贺望东还搂着小凯，见了大鲸便问道：“唉，你怎么这么晚才来？”

“没办法，刚要出来就遇上大事了。”

“大事？在如此美好的上元之夜？”以贺望东的了解，大鲸说是“大事”，估计也就是谁家夫妇打得鸡飞狗跳了，或是谁家媳妇儿闹跳河了，又或者是谁家遭遇小偷了之类的，所以并没有太在意。

“可不是吗？偏偏在这个时候！”

“什么地方？”

“怀远坊。”

“那不归你管呀！”

怀远坊在西市南边的右街上。右街的事情，由右金吾卫管，而大鲸在左金吾卫当差，自然管不到。

“话虽如此，毕竟是大事啊，我既然知道了，就做不到不闻不问了。”

“哦？什么样的大事？”

“有人被杀了，还是我认识的人呢！”

“杀人？”贺望东这才稍稍严肃一点儿。

“对了，那个人你也认识，今天还见过呢！”

“我今天见过？”

“没错，就在西市演艺场门口……就是那个班主，曲明其。”

“哦？是那个不简单的人？”

“可不是吗！我一听他被杀了，赶紧去了现场……后来，右金吾卫的人来了，就没我什么事了……咳咳，这么好的日子见死人，真晦气！啊，拿酒来，拿酒来！”大鲸催着喊着就要去开房间的门。

贺望东拉住他的袖子道：“且慢！”

“怎么了？”大鲸一脸不解。

“屋里有人。”

“这房间不是你包下了吗？”

“是啊。”

“那谁在里面？”

“阿倍仲麻吕，今天一起逛西市的。”

“哦，那个年轻人呀……咳，不过这和我进去有什么关系？”

“他正和一个年轻姑娘在一起呢。”

“嚯！”大鲸眼珠子一转，扮了个怪相。

小凯笑道：“我们到隔壁的屋子去吧。”

这边屋子里，阿倍仲麻吕正在写字给碧云看，字迹甚是工整。他写的是六朝诗人的诗句，一边写一边还给碧云解释。碧云望着这个日本来的年轻人专注的侧脸，蓝色的眼睛里流露出佩服。

四

曲明其这家伙就是个彻头彻尾的实用主义者。上元之夜，男女老少无不上街观灯游玩，他却冷笑道：“灯有什么好看的？还不如在家里喝点儿小酒自在痛快！”

每天的八百响鼓声敲响之前，市场会先敲三百响，作为店铺停止营业的信号。当下这个季节，申时五刻前后，演艺场就要上板了。虽说上元节解除了宵禁，但人们上街都是为了看灯，没人会在这样难得的夜里跑去看“围美姬”。

这天演艺场的表演散场后，曲明其回到了位于怀远坊小胡同的住处。主街上人潮涌动、熙熙攘攘，小胡同则异常寂静。曲明其和一妻一妾并三个孩子住在一起。他的妾正是白天演出时那个被当作靶心的女人。不过妻妾和孩子们都出去看灯了，家里就剩曲明其一人。

这天夜里早些时候，妻子带着孩子们先回了家。门被反锁了，她知道丈夫在家，便又拉了拉垂在大门外的门铃绳子，可就是不见丈夫出来开门。曲家没有院子，曲明其尤其喜欢待在临街的那间屋子里，铃铛就安在那里，他不应该听不到。要知道，像他这样半辈子走南闯北的江湖艺人，即便是在睡觉时，也时常保持警觉，稍有动静就应声而起。

曲妻推不动门，焦急地拉着绳子。正月寒风凛凛，小胡同中虽挂着些灯笼，到底不够明亮，且前后不见人，孩子们也跟着焦急起来。曲妻无奈，绕到后门去，发现后门也被上了闩。她又推了推后门旁边的两个小窗户，亦被锁上了。

曲妻跟着丈夫这些年，也算有些见识。她意识到情况不妙，立马去了怀远坊坊门旁的武侯铺说明情况。于是武侯铺官吏带了附近的木匠来，因后门较小，便把后门砸了。

一行人在曲妻的带领下来到临街的屋子里，曲明其果然坐在椅子上，却已经死了。小桌上还放着一把酒壶，酒杯滚落在地，看样子是从他手中脱落的，酒和血混在一起，从胸口一直淌到膝盖。

“你说怪不怪？就那么小的房子，门窗都被闩住了，他怎么就被杀了呢？看那伤口，像是被锥子刺的，有三处，其中一处正中心脏。”大鲸边喝酒边把事件经过大致说了一遍。

贺望东问道：“没有人进去过的痕迹？”

大鲸挑着眉毛保证道：“绝对没有！曲明其的老婆说，因为知道曲明其很快就会回家，她出门时并没有带钥匙，想着到时候让曲明其来开门，谁知道会发生这种事呢！木匠砸门进去的时候，洒在地上的酒还没干，想必被杀没多久。”他其实是想说：这次的案子可比四方馆的案子难呢，看你小子怎么破！

“如此……”贺望东喝完一杯酒，继续道，“可否带我去曲家看看？”

“这……”大鲸故意表现出为难的样子稍作思索，其实他就是在等贺望东这句话，片刻后，他才道，“也罢，我也一起走一趟，武侯铺的官吏会放你进去的。”

武侯铺是金吾卫下属，大鲸虽管不到怀远坊，但毕竟是金吾卫的人，想到命案现场看看这种事，还是能说上话的。

贺望东起身，朝着隔壁方向喊道：“仲麻吕，我去去就回，在这等我。不会很久的。”

阿倍仲麻吕稍有些不安，毕竟人生地不熟的，幸好有碧云陪着。

贺望东和遥大鲸在曲家门口站住，打量了一番曲宅，然后绕到后门，从后门进入屋内。武侯铺的陪同官吏把大致情况又说了一遍，基本和大鲸所述一致。

“仵作验过尸体了吗？”贺望东问。

“只是简单地看了一下。心脏上的伤是致命的，其他的还得等天亮了听上头的命令，小的们不敢造次。”

贺望东边听边哼哈地微微点头。因为要保护命案现场，尸体仍在椅子上坐着。贺望东俯身查看着死者的伤口，伤口很小，因光线太暗，看不清形状。他伸手欲进一步探查，被武侯铺的官吏拦下：“贺公子使不得。”

贺望东理解官吏是怕担责，这便站直身子，对尸体合十行礼。

“贺公子若是查看完毕，还请早早离开的好……”

遥大鲸一听官吏下逐客令，眉头一拧眼睛一瞪，生气地说道：“你可知道这位贺公子是谁？”

“小的自然是知道的，贺公子的大名，在长安城那是无人不知。只是小的职责所在，让二位进来已是破了规矩，还请遥大人和贺公子见谅……”

“你……”

贺望东打断遥大鲸的话，道：“走吧。仲麻吕说不定正被那个胡人女子欺负呢。”

“这就走了？”大鲸道。

“可以了。”

“你看出门道来了？”

“看出一点儿。”

“什么？”

“曲明其还没来得及喝酒。”

“你怎么知道？”

“你自己看酒壶。”

大鲸凑近桌上的酒壶，果然，从壶嘴还能看到酒。换言之，酒是满的。

五

街上依旧车水马龙。长安城似乎并未因这起意外的死亡而笼上阴影。贺望东和遥大鲸穿行在炫目的灯光之中。

“你对曲明其了解多少？都说来听听吧。”贺望东说道。

“我也是听别人说的。”

“但说无妨。”

“听说他不仅是个爱财如命的吝啬鬼，还是个色鬼。”

“白天那个被当作靶心的女人是他的小妾吧？她过去是做什么的？”

“是他的小妾没错，以前干什么的，这我就不知道了。以曲明其的性格，估计舍不得花钱雇人。这种活儿，别说没人愿意干，就是有人愿意，出价也不低，所以干脆收作小妾，省得付工钱了。”

“你这无凭无据地瞎推测……罢了。白天看演出时，你可有留意曲明其那三个徒弟？”

“你是说飞镖王义、射箭孟悦道、吹箭宋卓？嗨！看他们干什么？”

“嗬……我倒是留意了一下。照理说，如此危险的活计，表演者应当目光坚定、心无旁骛，但我发现，那三人看那女人的眼神中夹着一丝异样……”

“什么异样？我倒是没注意……对了，我听说那个女人从曲明其那里逃跑过，可惜被抓回来了。”

“没跑掉？”

“干这一行的，往往不同地方的同行也都有联系，逃跑可不是一件容易的事。”

“哦？这么说来，她倒是有作案动机。老头子一死，她就自由了。”

“她？你的意思是，人是那个女人杀的？”

“我这么说了吗？”

“你刚刚不是说她有动机吗？”

“人不是她杀的，她那时候在看灯呢，估计还有人陪着。”

大鲸被贺望东弄糊涂了，脑子转了一圈儿，没想明白贺望东想说什么，只得顾自说道：“这个曲明其手艺一绝，也算是位奇术大师，没想到连死也要搞得这么离奇！”

确实有些离奇。被人杀死在门窗俱锁的屋子里，现场没有留下凶器，不知道凶手是怎么出去的。贺望东边走边陷入了沉思。显然这是一起有预谋的杀人案件。凶手进入屋子后，曲明其在椅子上坐下，凶手趁其不备，用类似锥子的东西刺死了他，然后携凶器逃跑……贺望东在脑海中还原杀人情景，却像是掉进了一个预设好的旋涡。

“你在想什么呢？”大鲸见贺望东半天不说话，心急地问道。

“不通……”贺望东轻轻晃了晃脑袋。

“是吧？我就说这案子不好办！”正说着，遥大鲸脚下一滑，差点儿没摔倒，他窝火地骂道，“谁他妈乱倒水，想摔死老子！”

“你没事吧？”

“我没事。”遥大鲸连连摆手，忍不住又骂了两句“去他老子娘”才算消气儿，末了不忘提醒道，“你也看着点儿脚下，别踩到冰滑倒了。你那小身板可不禁这么摔。”

“你说什么？”

“我说你小心点儿别摔了。”遥大鲸看着贺望东，“咋了？”

“这就通了。”

“啥通了？”

“没什么，回掬水楼吧。”

“喂！你别走那么快，小心……”

两人回到掬水楼，一进走廊，只听碧云在问阿倍仲麻吕：“日本有那么大的寺院吗？”贺望东皱皱眉，孤男寡女共处一室，不会几个时辰都在讨论寺院吧？

小凯坐在阳台栏杆旁的椅子上，一副昏昏欲睡的样子。贺望东本想悄悄走过去吓她一跳，但在距离一步远时，小凯蓦地醒了过来。

“你们回来了？”小凯不愧是训练有素的名妓，任何情境下都如此从容。

“回来了。你是不是觉得无聊了？”

“是啊，隔壁那两人……哎，听得我干着急呢！对了，案子怎么样了？”

贺望东道：“有一些眉目，但仍疑点重重。”他说着在桌边坐下，接过小凯递过来的茶水慢慢喝着。

“这种事情本就费神。贺公子奔波了大半夜，吃点儿东西吧。我让人做了消夜，这就去取来。”小凯说完，转身吩咐了丫鬟几句。

不一会儿，丫鬟就端着几个小菜进来了。

“正好我也饿了。”遥大鲸仍是一副没心没肺的样子，拿起筷子就吃。

“就你着急。要不要把隔壁那两个人也叫过来？”小凯指的是阿倍仲麻吕和碧云。

“对对，一起吃。”遥大鲸嘴里塞得满满的，全然不顾形象，扭头冲着墙壁喊道，“我说你们两个，腻歪了大半夜，过来吃消夜了！”

小凯有些嫌弃地说道：“耳朵都要被你震聋了。就在隔壁，没两步路，我让丫鬟过去叫就是了。”

“不必费那个劲儿！我给你隔空吼过来多省事。”

遥大鲸把嘴里的菜咽下，正打算再吼两嗓子。

小凯连忙捂住耳朵道：“别别！”

贺望东道：“我们吃，随他们去吧。大鲸你这‘隔空狮吼’……”他话说一半戛然而止，夹菜的手也悬在半空。

小凯推了推贺望东：“贺公子怎么了？”

“我知道答案了。”

“什么答案？”

“我一直在想凶手杀了人以后是怎么出去的，百思不得其解，但如果凶手根本没有进入屋子呢？”

“不进屋子？那曲明其是怎么被杀的？”

“吃你的吧！”贺望东把菜夹进遥大鲸口中，自己则端起茶杯一饮而尽。“我先去睡会儿，你们慢慢吃。”

“喂喂！你小子这就不厚道了！”遥大鲸追着贺望东到榻边，“你知道凶手怎么杀人了？”

“瞧你那样，眼珠子都掉出来了！”

“你别打岔！”大鲸叫起来，“你且说说，这人是怎么被杀的？”

贺望东无奈，看样子不说清楚甭想睡觉了。他只好坐起来：“凶手很谨慎，没有留下蛛丝马迹，但有时候，毫无破绽本身也是一种破绽。”

“啥玩意儿？说重点。”

“好吧……其实不难，只是我们一开始想错了方向……曲宅的门窗都是从内部闩上的，但还有一个地方，可以通到外边。”

“还有一个地方？”大鲸摸着下巴思索着，突然眼睛一亮，高声道，“对，烟囱！”

贺望东原本还对这个搭档抱有期望，一听这话，忍不住暗暗叹了口气，道：“烟囱连着外边是没错，但它都通到灶膛里去了。莫非你觉得凶手杀完人会从烟囱里爬出去？”

“不是烟囱？”大鲸又开始思索。

贺望东提醒他说：“是个小窟窿。”

“窟窿？”大鲸想了半天，说道，“你就别卖关子了。”

“就是穿门铃绳的那个洞啊。”

“哦……”大鲸回忆着在曲宅看到的情景，“没错，铃铛在屋里，绳子一端在门外，那个门的上端确实有一个窟窿……可这能做什么？”

“那个窟窿口径不过一寸大小吧？”

“可不？那么小的洞能做什么？”

“除去绳子的大小，我估计那窟窿口有六七分大小。只要有半寸大小，就能从外面看见屋里的情况。”

曲宅的门铃绳子是白色的，曲妻说原先的绳子磨损了，这是刚换上的。窟窿上头有房檐挡着，即便刮风下雨，也不用担心风和雨水跑进屋里来。

“窟窿位置较高，若想从外头看屋里，需要一个垫脚的台子或梯子。”

“这倒没什么，关键是窟窿离屋檐那么近，估计只能容下一个人头。”

“没错，确实局促，连身子都动弹不了。”

大鲸皱着眉头催问道：“你到底想说啥？”

贺望东看着大鲸的样子，终于说到点子上了：“凶手就是通过那个窟窿杀掉曲明其的。”

大鲸先是一怔，继而感觉自己似乎被愚弄了，有些恼怒道：“别逗我了，那窟窿口凑个眼珠子还行，难不成还能隔空……”说到这里，他突然想到了什么似的顿住了。

“想到了？”

“隔空杀人……飞镖不行，弓箭也不行，地方太小，施展不开，但是吹箭完全可以。是……是宋卓？”大鲸眨巴着眼睛问道。

“他确实有这个嫌疑，但也并不一定是凶手。”贺望东道，“不妨设想一下，凶手先利用窟窿看准曲明其的前胸所在位置，再把吹箭筒插入窟窿中。若凶手技艺够高，在这样的距离，射中曲明其的要害并非难事……当然，这只能说明凶手是怎么杀人的，至于凶手是谁，还得你们金吾卫去查，毕竟会吹箭的并不只有宋卓一人。”

“反正不管怎么说，这个宋卓有嫌疑，这总没错吧？”

“没错。”

“可我还有个问题……”

“你是想说凶器？”

“对对，如果真的是用吹箭杀的人，而凶手又在屋外，那么吹箭应该留在曲明其身上，可是……”大鲸说到一半，见贺望东一副了然于胸的样子，便追问道，“你已经知道怎么回事了？快说说！”

贺望东又故意卖起关子来：“你小子动动脑子也能想到。”

大鲸果真认真思索起来，俄而说道：“我明白了，在吹箭上系上细绳，杀完人后把吹箭拉回来。我听说西域就有一种细而坚韧的丝线，只要足够长，应该不会影响到凶手吹箭。”

“这不是没有可能，但凶手显然不是这么做的。”贺望东看似总是一副漫不经心的样子，其实眼睛亮得很，能注意到被别人忽视的细节。

曲宅新换的铃绳是白色的，若是按照大鲸的推测，铃绳上面必定会沾染血渍，但事实上并没有。

大鲸再次急躁起来：“到底怎么回事，快说快说！”

在遥大鲸的催促下，贺望东简明扼要地说出自己的推测。大鲸叫了一声“原来如此”，噔噔噔跑出去，一溜烟就不见了。

六

贺望东站在栏杆边，已是深夜，街上依旧人来人往。有的一直未回家，有的原本已经回家，但因游兴未尽，又跑了出来。

曲明其被杀的案子并不复杂，相信金吾卫很快就能查个水落石出，可自己的身世之谜却没有半点进展。贺望东不禁叹了口气，暗暗思忖，罢了，说不定解开了还不如不解开，就让这个谜陪伴自己一生吧。

贺望东打着哈欠道：“困了，总算可以睡会儿了。”

小凯看了看窗外的天色道：“怕是睡不安稳呢！”

“怎么说？”

“估计贺公子才睡下，遥公子的大嗓门儿就该来吵你了。”

听小凯这么一说，贺望东哈哈大笑起来。确实，以大鲸的性格，一定会第一时间来找贺望东报告案件进展。果不其然，天才亮没多会儿，遥大鲸像一阵旋风似的猛然闯进来。

“抓到宋卓了！”

“哦……人是他杀的？”

“本来只是怀疑，想着先抓来问话，谁知这小子心虚，没问几句就吓得全坦白了。我也算没有白辛苦这大半夜……这还真是托你的福，那个右金吾卫的长史大人对我可是另眼相看哪。”大鲸满面得意，兴致勃勃，仿佛忘记了发生命案本是件憾事。

左右金吾卫的长官是从三品上将军，次官是大将军，下边各有两名将军，再下边是从六品的长史。而遥大鲸的官衔是正八品下的“骑曹参军事”。

“那群家伙也不见得比我高明多少，他们也都以为是吹箭上系了绳子。”大鲸活灵活现地讲述着“破案”的过程，“我告诉他们：‘你们都错了，其实凶器还在屋子里！如果凶器被收回去，铃绳上必然会有血，但那绳子干净得很呢。凶手其实是用冰做的吹箭杀死了曲明其，而冰吹箭在身体的温度下融化成了水，所以曲明其的衣服是湿的。’你猜怎么着？他们都说，那衣服上的不是酒吗？我就说：‘当然不是，酒壶里的酒还是满的呢，曲明其根本没来得及喝酒，就被杀死了。’这下大家都服气了，哈哈哈……”他不过是把贺望东几个时辰前说的话原封不动地复述了一遍，却不记得这些话正是眼前这个听自己说话的人教的。

“得了，说说我不知道的情况吧。”贺望东道。

“啊……哦……”大鲸笑了一阵，这才反应过来，“你想知道什么？”

“宋卓是曲明其的徒弟，他为什么要杀死自己的师傅？”

“他说是同情那个女人。”

“哪个女人？曲明其的小妾？”

“是啊！他说曲明其不是个好东西，对小妾动不动就拳打脚踢。尤其是那个女人逃跑被抓回来后，曲明其因为自己眼睛坏了没法演出，更是天天拿那个女人出气。唉，想想也是，那么漂亮的女人被这么个老头子糟蹋，不管是谁都会产生同情心的。更何况，他们几个天天在一起表演，感情更深厚一些……”

“这么说，另外三人是同谋？”

“是，不过宋卓正要交代，被我及时拦下了，最后他只承认是自己一个人干的。”

“你小子还算明白。另外两个人想来和那个女人一起去看灯了吧？”

“没错。”

“他们必然会在人多的地方晃悠。”

“你看见了？”

“那个女人的嫌疑是最大的，她自然要在人多的地方晃荡，以此摆脱嫌疑。”

“有理。”

在抓到宋卓之前，遥大鲸就连夜派人去找了长安城几位技艺高超的制冰匠人、铁匠，以及稍有名气的其他吹箭艺人，专门询问了用冰制造吹箭的事情。据说，这还真不是一件容易的事，因为每个艺人对于吹箭的形状、重量都有不同的要求。要想表演成功，必须使用自己熟悉的吹箭。宋卓制作的冰吹箭和他平时表演用的吹箭还有些出入，因而吹了三支，才射中曲明其的心脏。对于此，宋卓感到遗憾。

末了，大鲸感叹道："还别说，这个宋卓在吹箭技艺的追求上，还真有点儿执着。"

贺望东喝着酒道："同情心……说得这么简单，不知道背后还有什么故事呢。说不定是那个女人求宋卓杀掉曲明其的呢？"

"反正宋卓一力承担下来了，这案子算是可以结了。"大鲸似乎也有些同情那个女人，不愿意将她牵扯进这宗案子当中来。

隔壁的屋子传来了歌声，是一支不熟悉的曲子，调子中充满凄切哀愁。或许是碧云思乡心切，在为同样身在异乡的仲麻吕唱自己故乡的曲子吧。

如烟如雾

一

“我是谁？”

一直被这个问题困扰的贺望东在探究身世之谜的过程中，渐渐锻炼出了出色的推理能力，即便是繁杂难解的事情，他也总能理出一些头绪。

不过，所谓马有失蹄，人有失手，他也有看走眼的时候。

帮助遥大鲸破解了上元之夜的案子之后，贺望东成了西市演艺场的名人，结交了不少游手好闲之人。这些人一遇到事情就来找他，使得他有些得意忘形起来。混迹在这一带的多是流氓之辈，不想也有一本正经的人，这倒是件稀奇事。焦成就是其中一个。

自从认识贺望东，焦成就经常去找他，不过并非去他家，而是去掬水楼的小凯那里。起初，他进屋后总是一声不吭的，小凯不习惯，甚至觉得有些可怕。他就那么坐着，沉默地一杯接一杯喝着贺望东给他倒的酒。直到大概一升酒下肚，才开始说话。他口吃很严重。

除了焦成，还有一个叫李航的人和贺望东也混得很熟。焦成是正经刻板的人，颇有些隐士性格，而李航却是个欲壑难填、俗不可耐的家伙。两人都是二十五六岁的年纪，却有着天壤之别，又都与贺望东交好，可见贺望东心胸之开阔。

小凯不喜欢焦成，说他不懂得人情世故，居然把女子带进掬水楼来。

焦成带来的女子是西市演艺场中“烟雾仙人”班子里的波斯姑娘，名叫明珠。她长相可人，被人们唤作“雾仙之女”。

一升酒下肚后，焦成对贺望东道：“你教她作诗，如何？”

“作诗？”贺望东有些丈二和尚——摸不着头脑。

“她是一颗未经打磨的明珠，若能悉心调教，必定能成为一等一的女子。”焦成有一个怪癖，即他只要喝了酒，不但不口吃了，还变得善于辞令。

“为什么要我教她？我可干不了这事。”

贺望东在诗词方面并没有突出的造诣，不过是习得了一些文人必备的修养，像他这样水平的诗人比比皆是。

“这事非你不可！”焦成坚持到。

他的理由很简单，明珠虽是波斯人，但中原话说得十分流畅，若是别人教她，往往会理所当然地认为“这个她能懂”，因而也就草草教之。而贺望东也是异邦人，他是来到长安后才学的中原话，自然十分清楚哪些东西对于异邦人而言不易理解。

末了，焦成又强调道：“所以，只有你有资格教她作诗。这未尝不是你的荣幸啊！”

就这样，明珠开始跟着贺望东学作诗。

小凯有些不满道：“你为何不回绝了呢？”

“如何回绝？焦成说得有理。”贺望东装傻道。

不过没多久，明珠就不来了。小凯放下心来，有些得意地说道：“想必是学不下去了。一个波斯女子学作诗，毕竟难为她了些。”

“话虽不错，但她在作诗方面很有才华，半途而废太可惜了……不过，她的诗已经相当不错，再坚持一些时候，必定能更出众。”贺望东深深地叹了口气，似乎是故意给小凯看的。

“是太可惜了……焦成想必是被那个波斯女子迷住了吧？莫非是焦公子觉得贺公子不可靠，让那个姑娘别来了？”

“这也不好说。我还打算向她表达爱慕之意呢。”

“瞧你说的这是什么话！”

小凯轻轻地拧了一下贺望东的大腿。这对于两人而言已经是家常便饭。

二

一日，焦成来掬水楼找贺望东。他用西域进口的玻璃杯一下子喝了五杯酒，然后说道：“要不要一起去看‘烟雾仙人’？”他指的是明珠的父亲“雾仙”表演的奇术。

贺望东虽然经常在西市转悠，但还真没去看过“烟雾仙人”，原先是不在意，后来是因为登台表演的是跟着自己学作诗的弟子明珠，他有些不忍。不过很久没见明珠了，一想到她那活泼的样子，贺望东心情就变得复杂起来。他犹豫道：“李航可能会来……”

李航几乎每天都要来找贺望东，其实也没什么事。他为了捞个官做，可是下了不少功夫，倒不是因为有什么抱负，他只是羡慕当官带来的地位和荣誉。他和贺望东说得最多的就是如何猎取官职这类事。每每谈到高官奢华的生活，他的羡慕之情就溢于言表：“等我做了官……”他做梦都想住进那种豪华的官邸，过上仆人相随、妻妾成群的生活，时常说着说着，他便手舞足蹈起来，末了又忍不住一阵叹息。

他之所以接近贺望东，也是因为他感觉到贺望东和宫里有着某种特殊的关系。

贺望东自然知道李航的心思，不禁自嘲地想道："也罢，说不定还能帮我打探身世呢。"如此，对于李航的接近，他也就听之任之了。

不过，焦成对李航可是厌恶之至。听说李航要来，他不耐烦地说道："何必管他呢！我们走吧。"他有些意气用事，强拉着贺望东出了掬水楼。

对贺望东而言，与其听李航那套做官经，确实不如和焦成去看奇术表演。

刚从崇昭坊走到延康坊，一路上始终保持沉默的焦成突然开口道："听说'雾仙'的女儿最近没有去你那里？"

"是啊，有一阵子没见了。"

"这样啊……其实我给她找了个经书老师，是升平坊的金扫，不过金扫并不教她作诗。或许是她难以一心二用吧。"焦成说着摇了摇头。

金扫出身江南，长安话并非他的家乡话，因而焦成选择他作为明珠的经书老师。金扫三十多岁，在一部分人当中声誉极高。有人评价他是个实干家，不过据说他也有不为人知的一面。

焦成为明珠择良师教其作诗读经，是想将她打磨成精致上流的艺术品。在焦成的观念中，人生即是艺术，每个人都需经过精雕细琢，方能成为成功的艺术品。因而在他看来，李航等醉心于官场名利之流，实在污浊卑鄙。

西市如往常一般熙熙攘攘。一进演艺场，看到三三两两的看客，贺望东心中不由得一阵发酸。

两人就座后，焦成像小孩子一般高兴地说道："啊，胡旋舞马上要开始了！"

三

“烟雾仙人”的班子，除了最精彩的“烟雾之术”外，胡旋舞也相当不错。幕布一拉开，十来个波斯姑娘翩翩起舞。这些姑娘在唐诗当中被称为“胡姬”。她们有的在酒肆或妓馆中陪伴客人，有的在舞台上表演异域舞蹈，她们是绽放在这长安城的异国花朵。

姑娘们在台上快速旋转，看客们个个眼花缭乱。只见她们排成两列，又迅速向左右分开，然后坐下纹丝不动。从舞台两侧跑出一群穿蓝色服装的小伙子，将琵琶、笛子、笙、箜篌等乐器递给姑娘们。

正当看客们心神荡漾地沉浸在异国风情的歌舞中之时，一个妙龄少女出现在舞台深处。

焦成凑到贺望东耳边低声道：“明珠登场了。”

明珠头戴璎珞帽，身穿西域风格的无袖浅蓝色薄裳，两只腕上挂着各色丝带。贺望东只见过她穿便服的样子，此时不禁目不转睛地凝视着她。在她旋转停下的一刹那，贺望东总算认出了她的脸。没错，正是明珠。

明珠在台上稍作静止，尔后举起双臂，并以右腿为轴开始急速旋转。挂在手腕上的彩色丝带也随着她翩然起舞，仿若有生命的精灵，时而飞升，时而垂下。不一会儿，旋转停止了，明珠抖动着手腕，让丝带继续飘荡。她那白皙的面庞，在交错飞舞的缝隙当中若隐若现。蓦地，音乐停了。

“好戏要开始了……”焦成低声道，兴奋得手握拳头。

只见明珠弯下上身，在桦色的地毯上使劲儿一蹬，飞跃而起，脚尖着地的一刹那，她再次开始急速旋转。但这次并非固定于一个地方，而是不断地变换位置，仿佛旋风一般，只恨舞台太小。她的旋转，将伴乐压了下去。看客全神贯注地欣赏着胡旋舞，完全忘记了音乐。

贺望东看了看身旁的焦成。焦成的脸在燃烧，他为绚丽的五彩旋风陶醉，他的整颗心都被舞蹈——不，是明珠——夺走了。受他的感染，贺望东的情绪也有了微妙的变化。

不一会儿，胡旋舞结束了。五彩旋风逐渐减速，缓缓地转了几圈后，变成一阵微风，最后消失在幕布后面。

下一个节目就是最受欢迎的“烟雾奇术”。

“烟雾仙人”有着褐色的浓眉、宽厚的肩膀，五十来岁，头上缠着布，耳边的鬓发已经斑白。他站在舞台中央，先是伸出手掌，将右臂抬至水平位置，然后从容不迫地把胳膊一屈，使手腕高出头顶。他手背朝看客，竖起食指，攥紧拳头。

笛声从幕后飘来，先是微弱的，接着忽然变得高昂起来。此时，“烟雾仙人”竖着的食指上冒出一缕鲜红的烟，徐徐上升。

笛声时强时弱，时高时低，具有浓厚的异域风情。

“烟雾仙人”向右移动半步，但手的样子保持不变，忽然，他指尖冒着的烟变成了黄色。笛声逐渐低哑，忽而又振奋似的格外高昂。“烟雾仙人”半步半步地移动着身体，他指尖冒着的烟由黄变蓝、由蓝变白、由白变绿。最后，五种颜色的烟排像线条一般，整整齐齐地排成一排。

“烟雾仙人”回到最初站的位置。此时，除了笛子，还加入了铜锣的声音。“烟雾仙人”向左移动半步，鲜红的烟柱自他指尖滚滚而上，比先前的烟粗了好多倍。“烟雾仙人”缓缓地左右移动手指，竖着的烟柱横了过来。

接着琵琶也加入了伴乐，“烟雾仙人”以手指在空中画圈，空中飘荡着红色和黄色的圈，有大有小、有粗有细。这五彩的烟雾，仿若五彩的颜料，将舞台装饰得缤纷绚丽。

先前有明珠的胡旋舞带飞波浪一般的五彩丝带，此时又有“烟雾仙人”的五彩烟雾，观众可谓大饱眼福。

“烟雾仙人”的手指移到哪里，哪里就冒出烟来。彩色的烟有的纵横交错，有的围成圆圈，和明珠身上的丝带一样，跟着伴乐跳动着，仿佛有生命一般。

“烟雾仙人”置身于缤纷的五彩烟圈之中，就在观众快要看不见他时，幕后的伴乐突然停了。最大的红色烟圈蓦地消失了，“烟雾仙人”的脸出现在烟圈消失的地方。他向观众鞠躬致谢，接着伸出手，沿着黄色的烟圈轮廓一划，烟圈马上就不见了。他依次用手指点悬在空中的五彩烟，点到哪里，哪里的烟就消失。

在观众热烈的喝彩声中，“烟雾仙人”满脸笑容地频频行礼致谢。

精彩绝伦的魔术!

看得入迷的贺望东如梦初醒，不停地揉着眼睛。

“呀，金扫也来了！”焦成站起来，指着前面说道。

金扫也看到了焦成，向这边欠身致意。

四

金扫是一个神秘的人物，他住在升平坊一所无人居住的破房子里，据说来长安几年了，在那之前的经历无人知晓，只知道他是从南方来的，说着一口江南方言。

当有人问他是哪里人时，他就闪烁其词："哪里人不都一样？"有人问他年纪，他说："二十五岁时还记得年纪，但不记得那是多少年前的事了。"

金扫的眼睛炯炯有神，甚至有些使人感到畏惧，加上他那鹰钩鼻，更使人觉得不寒而栗。他的嘴很大，嘴唇很厚，面颊上半部有些清瘦，而嘴和四方形的下巴却很丰满。诚然，他的五官有些不协调，但他那白皙的皮肤将不协调统一了起来。

金扫对各地的地形、风俗、物产、交通乃至军事，几乎无所不通。有人认为他必是一个常年走南闯北之人，不过有人说他不像，因为他皮肤太白了。

金扫自称为经学家，与长安的文人学士偶有来往，但他的学识实在令人咋舌，尤其是对于时政的看法，往往能一言切中要害，是以有人这样说："像他这样的人，若能入朝为官，辅佐社稷，必定前途无量啊！"听说还真有高官曾去邀请他当幕僚，不过被拒绝了。确实，像金扫这样的人，做个幕僚未免太屈才。又听说宰相想要起用他，对他委以重任，但也不了了之。反正，他没有进入官场，依旧住在陋巷之中。

从"烟雾仙人"的演艺场出来后，贺望东和初次见面的金扫搭伴而行。原本焦成也是一道的，但他中途说有事，先行离开了。

金扫打趣道："莫不是与那女子私会吧？"说着他朗声笑起来。

贺望东也半开玩笑地说道："若他真是私会女人去，想必先要钻进哪个酒肆去喝上一升酒。在我那儿喝的酒，劲儿早该过了。"话音未落，他只觉得一阵怅然。焦成的人生被束缚住了，只有满身伤痕的人，才会如此执着地追求艺术性人生。

"她的诗写得怎么样？"金扫忽然改变了话题，明珠跟着贺望东学作诗的事情，他是知道的。

"刚入门就辍学了……不过她在作诗方面有天赋，也急切地希望能有所成就。"

"她在学经时也总是拼命地显示自己的才华，是个深情之人……"金扫忽然不说了，厚嘴唇紧闭，脸色也凝重起来。

贺望东本想带金扫去掬水楼玩儿，但磨破了嘴皮子也没说动金扫，于是一个人回了掬水楼，李航正在等他。和往常一样，自诩消息灵通的李航一见到贺望东就大谈官场风云。

“如今大权掌握在宋璟等儒生派手中，但高力士等宫廷势力也有所抬头。若想在官场站稳了，需得投靠此二者之一。犹豫不决之人难成大业。若不能把握时势动向，那可不行啊！”

玄宗皇帝还是太子时，儒生宋璟就开始伺候他了，打倒了武氏、韦氏和太平公主等势力后，宋璟掌握了中枢大权。但同时，高力士的势力也在逐渐得到巩固。李航认为，若想要升迁富贵，就得抛却观望态度，旗帜鲜明地加入其中一个阵营。不过，李航自己连个一官半职都没混到，这些话实在无法令人信服。

贺望东对于派阀之争不感兴趣，对于李航的话也只当是耳边风。

李航发表完“官场之道”，突然问道：“你认识一个叫金扫的人吗？”

“有过一面之缘，并无深交。”贺望东简单地回道，他不知道李航的用意，没有说刚才自己和金扫一道的事，免得招来麻烦。

“这个人可不好办哪！”

“怎么说？听说他可是个不世之材。”

“名声很高啊！我就想不明白了，他这种来历不明的家伙，竟然能得到如此多的关注，而我们却至今默默无闻……可悲，可叹啊！”

原来在李航看来，不明底细的金扫即便做官，也就做个属吏这样的小官。然而，因其名声在外，直接被提拔为侍郎也不无可能。若官位出现空缺，金扫必定是第一候补。对于像李航这样为了做官而到处打点奔命的人而言，他自然成了眼中钉。

“为了能当官，我多年来费心费力，这土包子来长安才几年工夫，就想挡我的路，简直岂有此理！”李航愤愤不平地骂着金扫，闭口不提金扫的学识与才华——这些东西在他眼中一文不值。他只是嫉妒这个后来居上的“无赖汉”。

李航接着道：“不过我听说，这家伙对两派势力的态度模棱两可，反而令两派势力都对他保持着警惕。像他这种阴险之人，若能为己所用自然如虎添翼，但若被政敌拉拢，后果实在难以想象。大家都怕他呢。这种人，不会有好果子……哎呀，也是，这世上的事，哪能样样都顺心呢。”

贺望东闭着眼睛，他并没有在听李航那空洞的论调，而是在思考其他问题。

五

大约过了一个月，焦成再次来到掬水楼找贺望东。他两颊凹陷，腮帮子似被削掉了一块，但眼睛却闪闪发亮。

看到焦成的样子，贺望东觉得一定发生了什么事，他随口问道：“好久不见了，是出什么事了吗？”他说完才想起焦成的怪癖，于是赶紧命小凯备酒。

“唉，见不到明珠啊……‘烟雾仙人’不许她外出。”

“哦？你和明珠的事，他知道了？”

“不是因为我们的事……我花光了最后一点儿钱，才从管理道具的那人口中探出消息。”

“究竟怎么回事？”

“说是明珠……她有相好的了……老头子一怒之下就把她关起来了。唉，可那个人不是我啊！”焦成皱着眉头悲愁不堪。

“不是你？那是谁？”

“听说是金扫。”

“啊……有这种事！”贺望东不禁吃了一惊。

金扫虽然年纪大了些，但双眸炯炯、皮肤白皙，是个不折不扣的美男子。贺望东想起前些日子和金扫同行时谈到明珠的情况。金扫说明珠是个才华外露且深情的女子，接着便突然噤言。他那面无表情的凝重神色，贺望东历历在目。

“是啊……金扫……都说他是孔明再世……我可真是好心啊，给明珠找了这么个好老师！”焦成说着哈哈大笑起来，脸上却挂满了泪水。

贺望东不知如何安慰，只道：“还不能断言。”

“肯定不会错的。我知道，无论是才华还是容貌，金扫都比我强……但我是一片真心哪……我对明珠的心意，绝不会输给任何人！可女人不在乎啊……拿酒拿酒！我要喝个痛快！”

这种时候，还是不要管他的好。看着焦成的样子，贺望东道：“一个月没见明珠，你就瘦成了这个样子……”

“我每天都能见到她……只要去西市就能见到，她就在舞台上啊……只是没法单独相会……啊，今天还没去西市呢！走，这就去西市！走吧，一起去！”焦成抓住贺望东的手臂，一把将他拉起来。

于是两人再次一同到了“烟雾仙人”的演艺场，一进门就看见台上几个胡姬正在演奏西域的曲子。明珠也在其中，她显然也看到了这两人，眼神立马有些不一样了。

焦成找了个座位坐下，死死地盯着台上，眼中似有火在燃烧。

奏完曲子，胡姬退下。几个踩球和走钢丝的小节目过后，就是胡旋舞。明珠又上场了。

贺望东是第二次看明珠表演胡旋舞，但这一次，他的关注点全在身旁的焦成身上。老实说，他有些担心这个过度兴奋的朋友。因此，当一个纸团飞落在他膝盖上时，他有些诧异。他条件反射似的朝台上看去，正好和明珠的视线相撞。尽管明珠在快速旋转着，但他仍能清楚地看到明珠在向他示意。很显然，这纸团是明珠趁机扔过来的。

应该是给焦成的，可惜落偏了。贺望东想，或许是被软禁的明珠扔给意中人的情书。他环视四周，似乎没有人发现这个空中飞来的纸团。明珠不愧是高手，能够在表演中逃过睽睽众目扔出纸团，足见其技艺之高超、动作之敏捷。

贺望东没多想就打开了纸团，管它是不是给焦成的呢。不过打开后他才知道，这纸团本来就是给自己的。纸上写着一首五言律诗：

剩罐冲天破，
残烟吹屋开。
绿荫烟向笋，
红雾毒蒸梅。

银烛招烟用，

金铅发毒来。

兴庆无一扫，

随处旧莓苔。

诗后附有一行字：奉小诗一首，望贺老师不吝赐教。

贺望东扫了一眼明珠的小诗，不禁皱眉道：“这哪里是诗啊？要怎么改？半途而废就成了这个样子！”

六

贺望东把纸片塞进怀里。他想起了金扫的话，明珠确实急切地想要展示自己的才华，这首诗就是个明证。

胡旋舞下面一个节目，就是“烟雾仙人”。毕竟是第二次看了，贺望东倒也没那么好奇了。他左顾右盼之间，发现焦成也没有怎么看演出。待“烟雾仙人”的表演结束，两人随即起身，走至木门时，一个穿蓝色衣服的男人叫住贺望东。

“贺公子请留步。”

看此人的样子像是这个班子中的人。

“有件事想要请教贺公子，不知可否借一步说话？”

“有事要问，在这里就可以了吧？”

“不是我有事要问，而是我们班主。”

“哦？”贺望东看了一眼焦成。

焦成问道：“要我在此等你吗？”

“不用了，你先回去吧。”贺望东说完，跟着蓝衣男人进了木门。

两人到了后台。“烟雾仙人”还穿着表演时的衣服等着贺望东。

“叨扰贺公子，还请见谅。方才明珠——就是跳胡旋舞的那个女孩——是否给您扔了一个纸团？在下虽眼拙，在后台却是看得一清二楚。不知贺公子可否将那纸团给我一看？”

“烟雾仙人”说话很客气，但语气中有一种不容拒绝的强硬，若是不答应，恐怕出不了这个门。何况，蓝衣男人已经转到贺望东身后，挡住了退路。贺望东心头急得冒火，但转念一想，不过是首拙劣的小诗，给他看看又何妨，没必要为此惹上麻烦。再说，让“烟雾仙人”知道这不是情书，对明珠而言也是好事。

于是，贺望东把手伸进怀里，掏出了那张已经展开了的纸片。

“她曾跟我学作诗，可惜后来不知何故没有再学。这就是她扔给我的，她写了首诗，让我修改。我看她自己是想学作诗的，想必是有人不希望她学。”

贺望东说着刻意把纸片摊开在“烟雾仙人”跟前，好让他看个仔细。

“哦……是诗啊！”“烟雾仙人”紧张的情绪立马松弛下来，恭敬地赔笑道，“让贺公子费心了，不知她的诗写得如何？”

“说是诗却不像诗。”

“是吧？是吧？”“烟雾仙人”频频点头，显然对于贺望东这个回答很满意。

在回去的途中，贺望东心中始终放不下明珠的事情，于是决定去金扫那里一趟。焦成如此爱慕明珠，若明珠真的爱上金扫，这事还真有些麻烦。当然，贺望东面对金扫这样的文人才子，没有直截了当地问此种男欢女爱之事，只说刚从西市看完“烟雾仙人”回来，想借此打开话题。

“这个‘烟雾仙人’果真了得！”

“不过是借用障眼法的小把戏，我能猜个八九不离十。”金扫却有些不以为意道。

“哦？”贺望东不禁有些好奇。

金扫解释道：“假设他能找到一种茎或藤蔓足够坚韧的植物，将其中的芯抽掉，就能做成长长的管子。将这些管子染成与地毯一般的颜色，铺在地毯之下通到幕后。五彩的烟就在观众看不见的地方被吹进管子里。‘仙人’总是拿手背朝向台下，想来掌心正握着那些长管位于其掌心部分管子，很有可能被染成了肤色，因而从台下难以辨认出来。”

“经你这么一说，还真是啊。地毯的颜色不正是红和黄吗？只是，若这烟是其他人从后台吹进管子的，那如何能做到出来的颜色与‘仙人’的手势完全一致？”

“曲子。那正是他们传递信息的途径。每次烟的颜色要变换，音乐都会先发生变化。想来后台有多个风箱，操作之人听到音乐，就知道下一个应该吹哪种颜色的烟。”

贺望东边听边点头道：“有理……那么，把烟收回来，又是怎么一回事呢？”

“我去西域游历时，曾见龟兹人从井中打水却不用吊桶，而是用竹筒往上吸水。竹筒的上端连着一个用熟羊皮做成的袋子，下端通向水井中。他们先从羊皮袋中压出空气，等袋子重新鼓起时，水就被吸上来了。烟比水要轻，应该也不是什么难事。只不过，烟的重量要恰到好处，若是太轻就必然会飘散，‘仙人’能使烟保持不动那么久，这倒确实令我佩服。”

两人围绕着“烟雾仙人”的绝技闲聊了一会儿，到底没说到明珠的事情上。贺望东觉得有些压抑，只得告辞了。

回到掬水楼后，贺望东把明珠扔给他的纸片夹在尚未读完的《曹子建文集》中。

七

两天后，金扫死在了自己的住处。

这里从前是一个富商的宅邸，主屋已经倒塌，只剩下一个长方形的厨房。金扫就住在这厨房里。不过说是厨房，其实是个没有隔断的宽敞的大屋子，以前常用于举办盛大的宴会，大小与普通百姓的中等住宅差不多。大屋子里并排有五个大灶，都盖着锅盖，盖上积满了灰尘。金扫孑然一身、独自过活，都是在外边吃饭的。屋里还有三条长凳与若干粗糙的桌子，供那些前来学习讨教之人所用。金扫的床则放在墙角。总之，这大厨房看起来不像有人居住的样子。

话说这天早上，金扫的学生准时来到这里，但门却关着。这种事情学生们还是头一回遇到。金扫素来起得早，莫非一大早就出门去了？学生们轻轻推了推门，发现门是从里面锁上的，这么说来，老师应该在家。当时陆陆续续到了四五个学生，但无论怎样敲门都没人应，学生们不禁担心起来。该不会是突然得了重病不省人事吧？几个人一商量，先去报告了武侯铺。不一会儿，武侯铺的官吏来了，叫门无果后，决定破门而入。若真是染病无法动弹，还得赶紧去请大夫。

然而，当门被砸开，出现在大家眼前的是金扫的尸体，并且已经凉透了。

是暴死。

仵作粗略地验了尸体后说道："许是心脏骤停致死。"

金扫在长安城也算是风云人物，关于他的死，一时间，大街小巷传言四起。有人说，以金扫之才，将来必定登上高位、辅佐君王，有人担心他为自己的政敌所用，于是一不做二不休，干脆杀了他以除后患。有人甚至说暗杀金扫的，就是高力士的人。

"这倒是不无可能。"贺望东也这么想。前两天他还听金扫侃侃分析"烟雾仙人"的绝技，这会儿金扫却成了冷冰冰的尸体。想置金扫于死地的，恐怕不只有派阀中人，比如将金扫视为自己飞黄腾达的阻碍的李航之流……贺望东想到金扫那错综复杂的社会关系，感到格外不安。

这天晚些时候，李航兴冲冲地来掬水楼找贺望东。他满面春风，一副幸灾乐祸的样子。

"金扫被人杀了！"刚进屋，李航就迫不及待地说道。

"想必整个长安城都已经知道金扫被杀了。"贺望东自斟自饮道，语气平淡，听不出任何情绪，眼睛的余光却不时扫向李航。

“我早就说过，这种人不会有好结果的。”李航也给自己倒了杯酒，一饮而尽，然后凑近贺望东道，“你知道是谁杀的他吗？”

贺望东反问道：“莫非你知道？”

“用脚趾头想想也知道，不是儒生派就是高力士的人。”李航压低了声音，“八成是高力士的人下的狠手。”

“可有证据？”

“要什么证据！反正不管怎么说，他死得好！”

贺望东看着李航的脸，只觉得说不出的反感。那是一张被权力扭曲了的脸。

八

金扫死后的第三天，贺望东读书至深夜，忽然听到有人使劲儿地敲门。他一手提着灯，一手打开门，只见焦成面色苍白地站在门外，就像一个鬼魂似的。

“怎么了？深更半夜的……”贺望东问道，

焦成身上散发出一股酒气，他从喉咙里挤出一句话：“真相大白了。”

“什么真相大白？”

“明珠的真相……她不是‘烟雾仙人’的女儿。她……她是人家老婆！”

“老婆？”

“是啊，是班子里的人喝醉了说漏嘴的……她骗了我，我……我才……”焦成说着从怀里掏出一柄短刀。

贺望东心下一惊，压低声音问道：“你杀了她？你究竟做什么了，焦成？”

焦成却只是发了疯似的一味摇头。

贺望东急了，追问道：“到底怎么回事？”

“我是想杀了她……我偷偷地去了他们家，可是，他们已经死了，到处都是血……‘烟雾仙人’和明珠都……”

“血？他们是被人杀掉的？”

“看那样子是的……”焦成喘着大气说道，“‘烟雾仙人’已经断气了，可明珠……明珠还气若游丝，我把她抱起来，她是在我怀里咽气的！”

“这么说，事情就发生在你到达那里前片刻之间？”

“是啊……”焦成摇摇晃晃地进了屋，精疲力竭地往椅子上一坐，手中的短刀啪啦一声落在地上。

“谁会杀他们？”贺望东关了门，琢磨着金扫的死和刚刚发生的命案，二者会有关联吗？

“我哪知道谁杀的他们！我来这里是有事情要问你……”焦成突然双目充血地盯着贺望东。

“你想问什么？”

“我抱着明珠的时候，她还没有死，弥留之际，她叫了一个人的名字……她在我耳边说了句‘啊，贺老师’……”

“她叫的是我？”

“不错，她口中的‘贺老师’，除了你，不会是别人。”

贺望东不知道焦成想说什么。

焦成继续道：“她临终之前叫了你的名字，你们是不是有什么事……我的意思是，你有没有线索。”

“毫无头绪……她只是拿着她写的诗叫我修改……她不是你介绍来的吗？除了诗，我们并没有其他来往。”

焦成瞪着贺望东，眼中几乎要喷出火来：“就这些？”

贺望东没有回避他的视线，缓缓点头道：“就这些。”

焦成颓然地低下头道：“看你的样子，不像在骗我。即便你和明珠之间真的有什么……如今也成没什么了……何况，她是‘烟雾仙人’的妻子……”

说完这些，焦成踉踉跄跄地走了，消失在长安的街道上。从那以后，没有人知道他的状况。

九

几年后，贺望东去洛阳游历。行至秦岭与太行山毗连的地方，他在黄河边上遇到了昔日好友张峰。

这个张峰也是个怪人，他原先是个儒生，在长安研究本草学。如今他专门为采药人做药草鉴定，为的是不让商人以“品质不好”为由随意压低药草的价格。

“近来比较清闲。”张峰对贺望东的到来表示欢迎，

“你就没想过回长安混个一官半职？”

张峰笑着回道：“我只想多一些自由，现在这样就挺好，有时间看看书。对了，最近我在研究仙丹，颇有些心得。”

仙丹即为长生不死药，并不是从药草中提炼的，而是从矿物中提炼的。因为药草与人一样，终究是要死的，炼不出长生不死药。

张峰原本是个药物学家，现在又成了半个矿物学家，他的屋子里摆满了各种大小的坩埚、铁盘和其他稀奇古怪的器具，连个落脚的地

方都没有。正是隆冬时节，但屋子里所有的窗户都大开着，贺望东只觉得冷。张峰正用一个小盘子煮着什么东西。

“这大冷天的，怎么不关窗？”

“冷也没办法，性命可不能当儿戏啊！”

“这么冷，开着窗才是把性命当儿戏吧？”

“你不懂。我正在煮丹砂炼水银，这烟气可是有毒的，若把窗户关起来，毒烟越积越多，我们就有性命之忧了。”

“烟也能熏死人？”贺望东心里突然猛地一沉。

“是啊，外行人炼丹就常有不幸丧命的。不了解这些东西的性质，是很危险的。”

“烟熏死人……”贺望东喃喃自语，脑海中浮现出“烟雾仙人”的绝活来，紧接着，金扫的死、“烟雾仙人”和明珠的死……这些原本已经模糊的人和事，突然变得清晰起来。

蓦地，有一个东西闪电般击中贺望东的心——明珠扔给他的纸团。他记得明珠的诗中反复出现了“烟”和“毒”，当时只觉得拙劣之至，如今想来，以明珠之才，怎么会不知道作诗最基本的原则呢？贺望东不禁心潮起伏。

回到长安后，贺望东从《曹子建文集》中找出那张写着小诗的纸。这本文集有十卷，那张纸就在第五卷的书页中，上头还留着揉成一团造成的褶皱的痕迹，纸面虽已泛黄，但文字清晰可辨。

十

剩罐冲天破，

残烟吹屋开。

绿荫烟向笋，

红雾毒蒸梅。

银烛招烟用，

金铅发毒来。

兴庆无一扫，

随处旧莓苔。

当年贺望东觉得这首诗糟糕透顶，如今再读却恍然大悟。这首八行小诗正好摆成一个矩形，不正暗示着金扫所住的大厨房吗？

多年前，贺望东看到“剩罐”二字就一头雾水。他曾告诫明珠，作诗时不要刻意用生僻难懂的词句，尤其不可自造，除非是已然功成名就的大家。现在他终于看懂这个犯了作诗禁忌的句子。“剩”即为多余，“冲天破”的多余之物，正是厨房里的烟囱。第二句的第二个字“烟”与第一句的“罐”对齐，表明烟是通过烟囱向屋里灌的。第三句中的“烟”是第三个字，说明烟逐渐沿着烟囱下降。第四句的第三个字是“毒”，与上一句中的“烟”对齐，可见进入屋里的烟不是一般的烟，而是毒烟。第五句的“烟”又向后错了一个字，说明烟继续下降，而此句的“烟”字与下一句的“毒”字对齐，再次强调是毒烟。第七句中的“扫”……不正是金扫的名字嘛！

贺望东脑海中出现一幅画面——“烟雾仙人”将一根长管子放进金扫家的烟囱里，用风箱将含有剧毒的烟吹进管子。毒烟沿着管子进入烟囱，接着缓缓下沉，神不知鬼不觉地进了屋子。明珠是想告诉他，“烟雾仙人”要杀金扫！

如此一来，最后两句就很好理解了。“兴庆”是指兴庆宫。玄宗皇帝很中意自己登基以前住的宅邸，搬进皇宫后，把旧府邸当作行宫，取名“兴庆宫”。“兴庆无一扫”，是说皇帝身边再无金扫！像金扫这样的正直之人被杀，革新之路受阻，朝堂之上皆是苔藓，满目疮痍。

贺望东口中发涩，喃喃道：“我都做了什么？”

凭金扫当年的才气，足以左右派系之争的结果。其中一方担心他被政敌利用，故而起了杀心。就在此时，他们了解到了明珠和金扫之间的暧昧关系，于是决定借“烟雾仙人”之手除掉后患。不料此事被明珠听到，故而写了那样一首拙劣的诗，用如此隐晦的方式向贺望东求助，大概是担心万一纸团被别人捡到，也不至于泄露机密。

事后，该派系担心事情败露，于是一不做二不休，将“烟雾仙人”和明珠通通灭口。

如果当初自己看出了明珠诗中蕴含的信息，成功救下金扫，“烟雾仙人”和明珠是否也就不会被灭口？贺望东想起了焦成的话，明珠临死时叫着“贺老师”，想必是在怨恨自己吧？鸿胪客馆的案子、曲明其的案子，他贺望东都漂亮地揪出了杀人凶手，明珠是信任自己，才会千方百计用诗告诉自己……“她到底是看错我了。”贺望东越想越感到喉头苦涩。

纸片掉落在打开的书页上，盖住了书上的诗，只露出最后一行：

日月不恒处，人生忽若寓。悲风来入怀，泪下如垂露。

诗中真假

一

长安，繁华古都，千古王城。公元前三世纪创建的汉王朝也以长安为国都，从那时算起，长安已有千年历史。不过，唐朝的长安城可没这么古老。而今的长安城是短命的隋王朝开皇二年建造的，汉代的长安城在更西一点儿的地方。玄宗皇帝即位时，这新的长安城也不过一百三十来岁，谈不上古老。

大唐正处于玄宗皇帝统治下的鼎盛时期，充满朝气，蓬勃发展。隋朝初期建造的一些建筑，到了该修葺或翻新的时候了，因此到处都在大兴土木，工匠从各地会聚而来，整个长安城热闹非凡。

这种时候，荐头尤其活跃。由于工作性质的关系，荐头都很讲义气，且和城中游手好闲之人来往频繁。

颜庄就是荐头。他是从外地来的，没人知道他以前是做什么的。据他自己说，他生在江南，父母都信佛，要把他送去当和尚，于是就跑出来了。他在这长安城无亲无故，更不认得什么有权有势的人，但很快就成了荐头，可见其有些本事。

颜庄喜欢与人交往，他常说："我之所以当荐头，就是因为能和各种人打交道。"他三十岁左右，说话带着南方口音，但这并不妨碍他和别人交流。除此之外，他最大的嗜好就是赌钱，甚至可以说，他的交友范围正是通过赌钱逐渐扩大的。

但凡干荐头这一行的，还有爱赌钱的，都想和当官的搞好关系。就当时来说，负责管理长安城的金吾卫，就成了他们最想要巴结讨好的对象。

这荐头颜庄和金吾卫的小官吏遥大鲸，因都爱赌钱而凑到了一处。

话说这天，贺望东躺在歌妓小凯的大腿上正感到百无聊赖，遥大鲸见状，便要拉他去颜庄的赌场。

"就去玩一会儿，我见你天天待在妓院里，估计也闷得慌。"

"我并不觉得闷啊！"

小凯从旁道："是啊，若是枕在小凯姑娘的大腿上还嫌闷，那可就算不上男人了。"不过她很聪明，知道今天是留不住贺望东了。

果然，贺望东嚯地起身道："我约了晁衡。"

"晁衡"即阿倍仲麻吕，他给自己取了个中国名字。

小凯小声嗔怪道："又瞎说。"

贺望东并没有瞎说。他确实去新昌坊青龙寺找晁衡了，不过两人只聊了一刻钟，他就以大鲸为借口道："本想多待一会儿，可这家伙催得急。”

“再多待一会儿吧？此处风景如何？”晁衡已脱去初入大唐时的青涩，添了几分沉稳。他来青龙寺跟着这里的和尚学官话，索性就住了下来，如今已两月有余，俨然把青龙寺当作了自己的家。

青龙寺在新昌坊南门的东侧，是隋朝建立的，最初叫灵感寺，后改名为观音寺，几年前才改为青龙寺。这一时期似乎很流行改名，譬如长安，隋朝时称京城，后改为西京，十五年后，又改为中京，四年后改回西京，次年又改为上都。再说这青龙寺，因建在一处高坡之上，视野开阔，极目远眺，南边的景色尽收眼底，因而有“登眺”之美名。

“确实名不虚传。”素来对风景不甚上心的大鲸夸赞了一句，手却不断扯着贺望东的袖子，低声道，“走啦走啦。”

晁衡似乎没有看到大鲸焦急的神情，顾自笑道：“听说有个外来的和尚因沉醉于此处的风景，竟不甚掉落下去，好在伤势不重。”

贺望东道：“哦？有这样的事？那想必是长在崖上的树和草挡住了他，才让他免于一死。”

“是啊，还得注意脚下啊！”

“贺望东不会掉下去，他住在掬水楼的楼上，比那些住在平地上的人更注意看脚下。”大鲸说着又扯贺望东的袖子，不断使着眼色。

贺望东不禁苦笑道：“行了，你别扯了。我这就走。”

两人于是辞了晁衡，去了颜庄那里。

二

颜庄的赌场设在他的客栈里。他做荐头赚了些钱，买下了这家客栈。这客栈占地不小，还设有马棚，不过颜庄并不经营客栈，他还是做着荐头的老本行。

要做好荐头这行当，最重要的是手底下有人，若在任何时间、做任何活计，都能立马凑足人手，生意才能越做越红火。因此，但凡一流的荐头，平时总要养一些闲人。

客栈本已残破不堪，虽说地方大，但有一半都无法住人。颜庄以极低的价格买下这家客栈，一来是为了装点门面，二来是为了开赌场赚钱养手底下这些人。

客栈就在新昌坊，离青龙寺不远。新昌坊位于长安最东边的一条街上，紧挨着城墙，旁边就是延兴门。新昌坊往南是升道坊、立政坊、敦化坊等，再过去就是曲江。新昌坊西面斜对着安邑坊，安邑坊的北边就是“东市”。此地虽然热闹，但给人一种在曲江边上、城之尽头的感觉，总之，算是个不好不坏的地方。不过，对于赌场来说，却相当理想。

贺望东走进赌场，一种乱糟糟的感觉扑面而来。“赌钱就要在这种地方。”他说道。

“可不是吗？没错儿！”大鲸晃着膀子大步走进赌场。照理说，他在负责长安城治安的金吾卫做事，出入赌场这种地方实在不妥，但他自己并未意识到。

“来啦？恭候多时了！”颜庄搓着手道。

赌局没有立刻开始。颜庄为了拉拢这位金吾卫的官老爷，心里打着小算盘。

“这边请。”

二人被领进了一个房间，那里已经放好杯箸。

“哟，看不出来，外面破破烂烂的，里面别有洞天啊！”大鲸在屋里环视一番后说道。

房间的布置是西域风格的。擦得锃亮的大理石地面，紫檀木桌子周围雕着时下流行的葡萄纹饰。花瓶中插着不知名的花，贺望东对草本相当有研究，却也叫不上名来，想必也是西域传来的。

颜庄笑道：“不瞒您说，也就这一间上得了台面，其他房间破旧得不堪入目哪！”

“你就不能下个决心全部翻新一下？哦……好像是在修葺？”贺

望东问道。

“哎呀,谁不想那样啊,可是手头紧呀！”颜庄说着缩了一下肩膀。

贺望东先前和颜庄也打过几次照面，都是跟着大鲸去赌场时遇到的，来颜庄的客栈赌场，这还是第一次。

大鲸顺着颜庄的话说道：“啥都贵着呢！”

颜庄觉得大鲸的话说到自己心坎里了,连忙附和道:“可不是吗？这房子旧了，有些地方不牢靠，这不先紧着抢修吗？您瞧那些栏杆，哪个还好用啊？哎，只好先从栏杆换起。”说着，他打开对开的门，让两位客人看看院子。

颜庄买的客栈盖了南、北、东三面，连成一片，就像“口”字缺了西边那一竖。三人所在的这个客厅，就在这东面的竖道上。横道上的两栋房子，北边是马厩，南边是仓库。客栈还有二楼，全都是客房。为了拆掉二楼的栏杆，园子里架着梯子。

不一会儿，伙计开始上酒上菜。酒是时下流行的葡萄酒，酒杯是西域来的雕花玻璃杯。

就在这时,另一个伙计领着一个男人进来道:“掌柜的,客人来了。”

颜庄先是一怔，继而愠色道：“不是说客人来了，就带他去吃点儿东西吗？怎么带这里来了！”

伙计也是一怔，带着几分委屈道：“不是这里吗？小的以为……”

那男人肩上背着个旧布包袱，一副唯唯诺诺的样子。

贺望东见状，道："既是颜老板的客人，不妨坐下一起吃吧。"

遥大鲸也爽快地说道："就是就是，你自己家，客气什么！"

颜庄抱歉道："让两位见笑了，这是在下的一位朋友，名叫谢全，刚从乡下来，原本让人带去后厨吃饭，不想却带到这里来了，搅扰了二位的兴致……"

"别啰唆，坐下吃吧，反正酒菜够。"大鲸是来赌钱的，和谁一起吃饭，他并不在意。

"这……怕是不妥……"颜庄欲言又止。

"颜老板可是有什么顾虑？"贺望东问道。

"哎……我这位朋友是个老实人，就是……就是酒后话多……"

"酒后谁都话多。"遥大鲸道，"都别客气了。"

"这……"颜庄似乎还想推辞，见遥大鲸不耐烦的样子，双手抱拳道，"那就请二位多多包涵了。在下还有些事，先出去了。"

这谢全和颜庄年龄相仿，但他身材瘦小、面色苍白，与又白又胖、红光满面的颜庄形成了鲜明的对比。他总是低着头，似乎很怕见贺望东和遥大鲸。

诚如颜庄所说，这个谢全一喝酒就撒酒疯，而他又没什么酒量，不一会儿就咿咿呀呀口齿不清了。他也不吃菜，伸出手就为了拿酒杯。

这种人，贺望东倒是见怪不怪了。但凡性情懦弱者，都喜欢用喝酒来壮胆，但终归懦弱，即便喝醉了，心里话也仍是说不出口，于是只好继续闷头喝，直到最后不省人事。

贺望东的座位正对着门，一个男人扛着修葺房屋的工具从院子里经过。“这个人好像在哪里见过……”贺望东看着那人的脸和走路的姿势想。

就在这时，鲜菇鸭腰上来了。这道菜是将鸭肾、蘑菇、竹笋放在一起，加上胡椒炖制而成的。

大鲸立马塞了一大口，边吃边说道：“嗯，这菜不错。”

贺望东笑了笑，又想起了刚才从院子里走过去的男人。叫什么来着？名字是不知道，就知道个绰号——应急工匠，他经常在西市的一些小戏园子里干搭建舞台、布景等杂活儿。这些临时搭建的戏台，只要演出期间能用就成，因此不要求多坚固，但要做得快。颜庄居然连这种临时工都用，可见对于修葺一事是何其草率。

谢全已然意识模糊，呜呜啊啊地不知说些什么。他勉强吃了一口鲜菇鸭腰，似乎是为了表示对两位客人的尊重，接着身子往椅子上一歪。颜庄进来的时候，正好看到谢全流着口水打呼噜的样子。

“哎呀这个谢全……真是对不住，我这就带他回房。”颜庄咂咂舌头道。

正巧，一个大个子伙计端来饭后洗手的铜盆。

颜庄便叫吩咐他道：“你把谢先生送回房间……他的房间，你问一下阿悦。”

这伙计人高马大的，一下子把谢全抱起来，眉毛都没动一下就走出了房间。

吃完饭，天已经黑了。油灯已点上。桌子收拾干净，就等着开赌。

时下流行的赌博是骰子。骰子一面黑色，一面白色，其余四面画着雉和牛。一次掷五个骰子，若全是黑色的，叫作“卢”，这是最厉害的； 其次是五个白色的。不同的组合便有不同的名称，例如，一雉一牛三白曰“开”，二雉二白一黑曰“塔”，二白三黑曰“枭”，不一而足。此外，还有一条规则，若是以“枭”赢了，就能得到双倍的赌金。

掷骰子时，无论是赌博者还是围观者，都可劲儿地喊着自己希望的点数，和下棋比起来，显得相当粗野。

但凡进赌场来的，十有八九都没有想过几点离开。何况宵禁一过，坊门关闭，赌钱最容易消磨时间。眼见着夜深，又眼见着东方发白，而一心扑在赌桌上的人完全注意不到。

“卢！卢！”叫了一夜，快天亮的时候，这声音已经没那么清脆响亮了。就在这时，猛地传来一声叫喊：“啊！”这声音过于尖锐，近乎惨叫。

“什么声音？”贺望东纳闷地问道。

紧接着，传来一种可怕的啪嚓声，继而一切归于平静。

三

“管他呢！来，接着来！”遥大鲸一门心思全在骰子上。

“莫不是有什么东西掉下来了？”颜庄揉着眼睛道。在这一堆人中，属他年纪最大，熬了一夜，已然精疲力竭。

“总之先去看看。”贺望东说。

于是，颜庄起身，吱的一声，把对门推开。微弱的光线缓缓进入房间。颜庄又揉了揉眼睛，道：“呵，天快亮了。”

大鲸伸开双臂打了个哈欠，使劲儿往椅背上靠了靠。

贺望东的视线越过颜庄的肩膀看向院子里。他指着仓库的门前，问道：“那是什么？”

“哎哟，是个人吧？真的是，怎么睡那里，着凉了可怎么办好！”颜庄皱着眉头道。

“不像在睡觉啊。”贺望东探出身子，眼睛盯着仓库前那个看起来像人一样的东西。

“我去看看。”

“像是掉下来的。”

“掉下来的？哪里？”

“从楼上呗，不然还能从哪里掉下来？”

“若真是那样可不得了，这么高的地方……”颜庄的声音有些颤抖。

一楼的仓库本身就有两层，若再从楼上掉下来，就相当于从三层高的地方掉下来，且又是石头地面，再怎么着也得受重伤。

“你看那……不是血吗？”贺望东指着地面道。

“不会吧？”

“什么？有人掉下来？”大鲸虽是来赌博的，但毕竟在金吾卫当差，听到有人掉下来，自然而然就起身走到了门口。

“我看像。”贺望东说。

“什么像不像，过去一看不就知道了！走吧，一起去。”大鲸瞬间就把赌钱的事搁在一边儿了。

三人急忙穿过院子。因为赌了个通宵，脚下都有些轻飘飘的，尤其是颜庄。贺望东还算好，第一个走到仓库门前。

“果然没错。”

不幸的是，此人掉下来时头朝下，脑袋像个被摔烂的西瓜，不过脸还能勉强辨认出来。

“我好像在哪儿见过。”大鲸说。

“昨晚你还和他一起吃过饭呢！”贺望东一眼就认出，此人正是谢全。

“哦？是吗？啊，对，就是他！”这回大鲸也确定了。

只有颜庄眼睛看着别处，口中道：“不会的……怎么会呢……”他素来以侠义自居，真遇上事了，反而显得没出息，连死人的正脸都不敢看。

“你还不信！人就在这，你自己过来看！”大鲸道。

“这个谢全，住哪个房间？”贺望东问道。

“嗯……是阿悦安排的，好像就在这上面……”颜庄的回答有些含糊。

“是自杀吗？”

“应该不是。若是自杀，好歹穿戴整齐，你看他穿着中衣，还弄脏了……自然，你要说他睡梦中突然惊醒跳下也有可能……或者梦游……”这时候周围已经聚了一些人，大家你一言我一语议论着。

大鲸抱着胳膊，俨然是在思考的样子。“总之自杀他杀都有可能……”大鲸说完，环视了一下四周，最后视线落在贺望东身上。他是在向贺望东求助，希望能得到一点儿启发。

贺望东蹲下来，亲自证实谢全确已断气，起身叹了口气道：“昨晚见此人，只觉得他性格软弱，没想到今早就遭遇不幸了……”

“行了，别感叹了，干活吧！”大鲸催促道。

“干什么活儿？”贺望东问道。

“我的活儿呗。”大鲸说着，有点儿不好意思了。总不能每次都指望贺望东，至少最基本的调查还得自己来，于是他又转身问颜庄，“这个谢全是什么时候住进你这里的？”

“哎，其实他昨天才来。”颜庄道。

“他是来做什么的？”

“是我请他来帮忙的……我不擅长写写算算，就托朋友找了个人。有个朋友去南方，就给我推荐了谢全。我见了他几次，觉得他为人老实，就决定聘请他。本来他从明天……不，是今天起就该开始做事了。”

“他以前是做什么的？”

“这……我倒是不太清楚。介绍他来的朋友说他身家清白，我自然也就没有多问。”

“哦……”大鲸问到这里就碰壁了。他偷偷看向贺望东。

贺望东沉思了一会儿，道：“去报告武侯铺之前，先去看看他的房间。”

“请、请吧。若在平日，这个时候该开始热闹了，今天倒是还安静……”颜庄稍稍定了定心，在前面带路。

四

颜庄把自己的工匠都安置在这客栈里。近日，怀德坊的罗汉寺开始修葺房子，工人们都去那里干活了。趁着房间都空着，颜庄便叫人来修补一下。白天木匠敲敲打打的，有些吵闹，但一到夜里，客栈就安静了。通往二楼的楼梯甚是陡峭。天还没有全亮，颜庄拿了个小灯笼照路。他点灯用的是昂贵的蜜蜡。

谢全住的房间里，进门后左侧放着一张床，被子胡乱地堆在床尾处，看起来像是刚起床时踢的。如果一个人是有准备地自杀，被子不会这么乱糟糟的。

枕头边上有一盏煤油灯，散发着微弱的光。对着院子的门朝外开了半扇，被风吹得直晃动。曙光通过这开着的半扇门照进来，房间里的东西清晰可辨。

“看样子是个意外。开着的那扇门外原本是有栏杆的，但昨天拆掉了。这个谢全肯定没留意，开门就往外走，一脚踏空，就这样掉下去了……”大鲸对自己的分析感到很满意，甚至有些沾沾自喜。

贺望东却不以为意，自言自语道：“怪哉……”

“哪里怪？”

“你的意思是，他以为那里有栏杆，于是才会往前迈步？”

“对啊。我记得这栏杆就是昨天拆的，是吧，颜庄？”大鲸回头看着颜庄问道。

“是的。”

“看，我说的没错吧。”大鲸忍不住露出一丝得意。

“你怎么断定他是开门就往前走呢？”贺望东问道。

“啥？”大鲸被贺望东这个问题弄得哭笑不得，“开了门不都往前走吗？常识，懂吗？我看你没睡醒吧？哦……昨晚你就没睡，难怪……”

“谢全是昨晚才住进这里的吧？”贺望东回头看着颜庄问道。

颜庄急忙答道：“是，是，是的。”

“我看那谢全懦弱无主，这样的性格，头一次住陌生的地方，多半会感到不安，若说按平时的习惯开门就往外走……怎么说都有些奇怪啊！”

听了贺望东的话，大鲸回头一想，也不得不承认道：“有点儿道理……”

贺望东没有理会正皱眉思考的大鲸，而是问颜庄：“老板，方便带我去其他房间看看吗？”

“没、没什么不方便的，请。”颜庄有些僵硬地说道。

于是，在颜庄的带领下，贺望东和遥大鲸走马观花似的把赌坊中的客房都看了一遍，一圈下来，天已经全亮了。待回到谢全住的房间，贺望东问道，“老板，为什么这个房间跟别的房间不一样？”

颜庄嗫嚅着说道：“最近打算翻新，这一间正在施工，其他的还没有动呢。”

“你这里有这么多房间，却把谢全安排在没完工的房间里，怕是不妥吧？”

“不是我安排的，是他自己执意要住这一间的。”

“哦？”贺望东稍作停顿，突然换了严肃的口吻对颜庄道：“老板，这个房间里的东西万勿乱动。若是你不小心动了，休怪我把你弄进大牢去！”

“是、是……”颜庄被贺望东一唬，吓得直冒冷汗。

大鲸也有些吃惊，这个贺望东平时吊儿郎当的，这会儿搞什么？

“大鲸，把房间再仔细看一遍，什么东西放哪儿了，都记好了。”

“知道了。”大鲸心中虽疑惑，但对于贺望东的话，他还是十分信服与顺从的。他环视了一番房间，又从颜庄手里接过灯笼，查看了天花板和墙壁，边看边嘀咕：“天花板是黑色的……咦？不对，靠近门的那一半没上黑漆，还露着木头，门的里侧是蓝色的。墙上挂着字画……”

“那字画上写着什么？”贺望东说道。

“嗯……写着什么……太暗了，看不太清啊！”其实哪里是太暗了看不清，分明是他肚子里墨水少，字一潦草他就认不出了。

“我看看。”贺望东走过来。

墙上挂的是阮籍的《咏怀》第十六首中的两句：

小人计其功，君子道其常。

贺望东解释道：“这是一种劝诫，意思就是，小人计较个人的利害得失，而君子则遵循常规来行事。”

“我也不计较个人得失，这么说来，我也是君子啦！”大鲸的话有些驴唇不对马嘴。

不过贺望东没空计较，他对颜庄说道：“把这幅字拿下来，我要带走。”

五

搁水楼的二楼，贺望东坐在桌子前为小凯写词。

“贺公子还写不出来吗？”小凯从后面替贺望东扇着风，见贺望东迟迟写不出，将扇子放在自己腿上，忍不住催问道。

“正在苦思冥想。”

“贺公子今日为填一首词，花的时间未免久了些。”

“其实刚才写了一首，但觉得不适合你唱，就再写一首。”

听闻此话，小凯不禁喜由心生。她温柔地起身，把手放在贺望东的肩上。

“做什么？”贺望东回过头。四目相对，彼此的心意立马就融合在一起。他轻轻抚摸着放在自己肩上的手。

正当暧昧之意浓郁时，走廊上传来跑动的声音。小凯的手不自觉地从贺望东肩上缩了回来。

“抓到了，抓到了！”遥大鲸人还没现身，声音已经传来了。

“什么抓到了？”贺望东问道。

“想必不会是什么好事。”小凯双颊泛红，不停地用扇子扇着。

“呀，不开心？哦，是不是我破坏你们的好事了？”大鲸说着哈哈大笑起来。

小凯被他一说更恼了，仰面望着天花板，耍起了小性子，但在男人看来，这模样比起平时来，反而添了几分不一样的味道。

“啊，说正事儿！”大鲸道，“就那个颜庄，他偷偷地进了谢全的房间，还揭开地板……我的人早就等着他呢，一下子就把他抓住了。”

“那可太好了。”

“嗯，太好了。不过这究竟是怎么回事啊？”

初步查看了谢全的房间后，贺望东告诫颜庄不得动房内的东西，并让大鲸派人去盯着。这天深夜，颜庄偷偷地进了房间，被大鲸的手下打了个正着。

“果然是颜庄啊……”贺望东轻轻点了点头。

“他真是凶手？可那天晚上，他和我们在一起啊。他不是一晚上都在玩骰子吗？先是听到叫喊声，然后是有东西掉下来的声音，但那会儿颜庄就在我们旁边呢……再说，那个谢全不是他刚刚才雇来的吗？”大鲸虽按照贺望东的指示抓到了颜庄，但完全摸不着头脑。

“他是怎么办到的，这倒是不难推测。至于为什么，我就不得而知了。”贺望东说道。

大鲸一头雾水，嘟嘟囔囔道："是你让我盯着，说有人要是进房间，就说明心中有鬼，就算不是凶手，也一定和凶手有关……一会儿说知道，一会儿说不知道，到底知不知道？"

"好吧，我确实对颜庄有所怀疑。就算不是他干的，他也脱不了干系。"

"那你就说说为什么，说简单点儿。我把人抓了，到时候上头问我干吗抓他，我也只能说他进了房间，怀疑他是凶手。可要是再问个为什么，我就说不上来了，岂不难办？"

"我明白。"

"那你说说。"

"我怀疑是颜庄干的，但是不知道他为什么要杀谢全。他说谢全是朋友介绍来的，但我看不是。他们肯定还要更深的关系。这得你们金吾卫去调查了。"

"这不废话……"大鲸不耐烦了，粗声粗气道。

"颜庄对谢全的生活习惯很了解。他说谢全前一天才来这里，照理说，他不应该知道谢全酒后话多的毛病。当然，也有可能是谢全自己说的，且不管这个。谢全房里的陈设，和其他房间都不同，床的位置、墙上挂的字画，还有涂了一半的天花板。一般说来，客栈的房间都是差不多的，很显然谢全的房间是经过精心布置的。"

"说得好像你亲眼看到似的……"大鲸嘀咕道。

“还有，我问颜庄为什么让谢全住那个房间，他说是谢全自己要求的。但我记得我们见谢全的时候，他还背着包袱，分明是没去房间就直接被带到了客厅。然后他就喝得不省人事了。颜庄让伙计把他扛走，还说房间问阿悦，显然是他事先安排好了。可见他在说谎，反正死无对证。”

遥大鲸若有所思，点头道：“好像是这么回事儿。”

“还要一件事……那天吃饭的时候，我看到一个人。”贺望东说。

“什么人？”

“你应该也认识，就是经常在西市搭台修理的临时木匠。”

“哦，那个应急工呀！他怎么了？”

“像他们这样的临时工，往往是哪里急需表面工就往哪里去，不重质量，只重速度。他出现在颜庄的赌场，我就觉得奇怪。谢全出事当天，我去西市找他，问他：颜庄的赌场是有什么急活吗？他说是改装一个房间，活儿不算多，但颜庄非得亲自指点，花了不少时间。”

“亲自指点？这个颜庄还真是……哦，我明白了。可是，光凭这些也不能断定就是颜庄杀的人啊！”

确实，总不能因为颜庄叫人改装了房间，半夜又去现场，就认定他为杀人凶手。若不能拿出更有力的人证、物证，只要他一口咬定自己无辜，谁都不能拿他怎么样。

大鲸抱着胳膊自言自语道：“没错，看来最重要的是找到谢全以前的住所，若两个房间真的一样，那就有理由相信是这个颜庄在捣鬼。”

“那也未必。颜庄可以说是为了让谢全住得更舒服啊。很多客栈都是这样，比如为了接待新罗来的客商，特意按照新罗人[1]的习惯来布置。”

“这还真是……不好办哪，可也得办哪……你说我该怎么办？”

[1]新罗人：如今的朝鲜族人。

六

遥大鲸虽然有时会觉得贺望东爱卖关子的毛病很讨厌，但对贺望东的指示，还是言听计从的。离开掬水楼，他就去查谢全原来住的房子，可查来查去，也没什么收获。

“真是怪哉，问了那么多人，居然没人知道这个谢全以前住在哪儿。”再次来找贺望东，大鲸有些无精打采。

“你还在查？”

“是啊，长安城这么大，问了几条街的人还是没啥头绪，都不知道从哪里查起了。”

“他来长安时间不长，认识的人不多。”

“可不？那怎么办？”

“从外地来到长安，一般会去哪些地方？”

“这个……客栈？”大鲸想了想道，“不对，他一来就住进了颜庄的赌坊……还能去哪儿？看来还是得问颜庄。这家伙不用刑是不会招的！”

正说着，曹茂来了。他先前因为做了李宜的帮凶，在贺望东的帮助下免于一死，成了贺望东的仆人，不过贺望东很快就给他自由了。正因为这样，只要是贺望东交代的事情，曹茂可以说是赴汤蹈火，在所不辞。

“有什么消息？”贺望东问曹茂。

“这几日我在南方人聚居之所打探了一番，你们猜怎么着？居然没有人听说过谢全。我就拿出你给我的画像，结果有个人一看就说：‘这不就是颜庄吗？’”

“什么？”贺望东和大鲸异口同声地喊起来，“颜庄!？”

饶是曹茂早料到这两人会大吃一惊，也还是被吓了一跳，连带说话的声音都变了：“是、是啊，那个人还说……”

大概半年前，从江南的丹阳来了一个叫颜庄的人。他年过三十，也没有一技之长，那身子骨又干不了体力活儿，在长安晃荡了半年，也没找到个活计，思来想去，还是打算回老家去。

三天前，就在颜庄打算离开时，有人对他说：“有个荐头也叫颜庄，何不去向他讨份工作？你们同名同姓，这也是缘分哪！”颜庄很好奇，但也没有细究，无论如何，只要能在长安安身立命就好。于是，他去找了那个荐头颜庄。

三天前，正是谢全出事的那天。

“还有其他的消息吗？”贺望东问。

“我去看了颜庄……就是谢全住过的房间。”

“有什么发现？”

“按照你的吩咐，我特意留意了天花板。”曹茂回忆道，“一半是黑色的，一半露着白木头。对了，还有那个门，内侧是蓝色的。门对面是茅房。”

“天花板哪半边是黑色的，哪半边是白色的？”

曹茂想了想道：“靠近床的那半边是黑色的，靠近院子的那半边是白木头的。”

“果然是他。”贺望东拍了一下大腿。

“还有一件怪事。半个月前，就有人去打探过颜庄……就是谢全。”

“果然是他！”大鲸也拍了一下大腿。

“还有这个……”曹茂说着从袋子里取出一个挂轴。

大鲸呀的惊叹一声，乍一看，这挂轴和谢全房间里挂的那个一模一样。“小人计其功，君子道其常。”待他念完才发觉字体不一样，虽然很相近。

“这个颜庄……谢全肯定是被赌场的颜庄设计杀害的。”大鲸分析道，“提前打听、诱骗颜庄、改装房间，连字画都做了，他早就想好了要杀掉谢全。”

“要是颜庄死不承认呢？”

“这……”

看着大鲸发愁的样子，贺望东笑道：“放心吧，他会承认的。”

七

都说长安最美是春日，其实夏日的长安也别有风味。石榴花和夹竹桃竞相开放，将原本就繁华的长安城装点得更加喧闹。

掬水楼中，夏日的傍晚，将古色古香的桌椅搬到院子里，在盛开的石榴花和夹竹桃下那么一坐，旁有美女和美酒相伴，别提有多惬意。

贺望东叫上大鲸和晁衡，与小凯以及碧云一同在院中饮酒畅聊，不过聊的还是颜庄赌坊那件案子。

“老贺，你怎么就认定颜庄……不是，谢全是杀人凶手呢？”一杯酒下肚，大鲸问道。

贺望东慢悠悠地喝着酒，和小凯眉来眼去了一番，才回道：“这个真假颜庄的案子，说起来也是凑巧。”

在长江沿岸有个叫丹阳的小镇，前几年出了个头脑聪明但性情乖僻的年轻人，大名正是谢全。这个谢全不务正业，以骗人钱财为生。有一次，因诡计被识破，受骗者要求谢全还钱，谢全一时起了杀心，之后逃出了丹阳。这桩事，贺望东是听一个朋友说起的。

“可怜了自幼与他一同玩耍的老好人，因受他的牵连，天天被乡里人欺负数落，不得已也离开了家乡，四处漂泊，听说也来了长安。”那个朋友喝着酒。

“那个谢全一直没有抓到吗？”

“天下这么大，上哪儿找去。这种人若不能绳之以法，恐怕会祸害其他人啊！对了，听说你最近……”

那天见到“谢全”时，贺望东自然而然地想起了那个杀人犯谢全。当时并未太在意，毕竟同名同姓也没什么可奇怪的，何况眼前的“谢全”懦弱胆小，怎么看都不像做惯了骗钱杀人勾当的人。直到看到“谢全”的房间，贺望东才开始起疑。

离开赌坊后，贺望东去西市打探了一番，又派曹茂去江南人中间打探，这才推测出了整个案子。

原来谢全杀人后，一路从江南逃到了长安，化名为颜庄做起了荐头。“颜庄”正是那个老好人玩伴的名字。本来他买了客栈，开了赌坊，也算是有了安身立命之所，谁承想，真颜庄也跑来长安了。这个真颜庄老实木讷，揽不到活儿，听说有个和自己同名的荐头，就想来求份工作糊个口。两个颜庄一碰面，事情就复杂了。

真颜庄说道：“你不是谢全吗？这些年不见，你混得好像挺好……”

假颜庄也不掩饰，一边请真颜庄喝酒，一边道：“能在长安碰到老朋友，实在是意料之外啊！实不相瞒，当年那件事之后，我真是寝食难安啊，冒用你的名字，也实属无奈之举，还望看在自幼相识的份上，能体谅体谅。”

真颜庄老好人的脾性一上来，连声说：“自然，自然。”

假颜庄又叹道：“这几年埋头苦干，好不容易才有了眼前这番景象。如今你来了，就跟着我做事吧。只是这名字的事，还望替我保密，待想到周全之法再说。”

真颜庄本就没什么主意，假颜庄说什么，他都只会点头称是。这么一来，两人算是达成了默契。自然，对于假颜庄而言，杀掉真颜庄是势在必行的，他可不想自己几年的心血付之一炬，还搭上性命。就算真颜庄确实不会说出去，他也必须死，只有死人才能完全保守秘密。

大鲸半夜抓了假颜庄后，按照贺望东的指示，又派人去丹阳，从官府找了个认识谢全和颜庄的人。

“哎呀，遥公子啊，这般美景美酒，就不要再谈那些杀人的事儿了。”小凯摇着扇子，轻轻拍打了一下大鲸的肩膀嗔怪道，“怪煞风景的。”

贺望东道：“若是不跟他说个明白，他怕是没有心思赏花乘凉。”

“就是，不弄明白，我这心里头就是痒痒的难受。先跟我说说，完了再可劲儿乘凉。”大鲸道。

众人都忍不住笑了。

“这么说来确实有酒的功劳。我也沾沾酒的光。”说着，大鲸将杯中的酒一饮而尽。

小凯马上给他斟上一杯，他又一饮而尽，这么三四个来回，他就不省人事了，摇摇晃晃地起身道：“小人……什么功劳……君子……嗯……忘了，哈哈。不去小便，不去……不留神就掉下去了！阿弥陀佛……”

没有人理会这个醉鬼。晁衡和碧云不知何时已走到角落。

“哎，蚊子！”小凯用扇子拍了一下贺望东的脸，她其实是想说，“我们也去找个清静的地方吧。”

“知道了。”贺望东站起身，笑着摸了摸小凯的面颊。

富商之惑

一

“可有能赚钱的活儿？”

近日，遥大鲸逢人就问这句话。作为金吾卫的骑曹参军事，到处打听赚钱的法子，怎么听都觉得别扭。

“你是怎么了？突然变成财迷了。”贺望东有些担心。

“唉，我算是明白了钱的好处啊！要是不珍惜，是要遭受报应的。”

“你现在才知道啊？”

“是啊，我自幼家境富裕，从来没人教过我要怎么赚钱。”

“听你的意思……现在需要钱吧？要多少？”贺望东在长安这些年，吃穿用一律由朝廷负担，除了每月发放的例银外，逢年过节也有不少进项，自然攒了不少钱。

“倒也不是急需。我还没想到哪里要用，只不过想到钱的好处，就想着多赚点儿。俗话说，有钱能使鬼推磨，就连官位也能用钱买到。”

“官位？”贺望东读懂了大鲸的心思。

不久前，大鲸的一个同僚被提升为长史，从六品上，算是不小的官了。这叫大鲸极不愉快。他认为同僚是用钱买的“官途”，恐怕不无道理。那个升迁的人叫段靖，论才干，确实没有，轮功绩，还不如大鲸呢！

“这个姓段的，家里很有钱吗？”

“倒也不是。其实他是个孤儿，是他叔叔养大的。他的叔叔也不过是个小商人……”大鲸摇着脑袋道。

“这么说，大鲸先生家比他家要阔气啦？”

确实，遥家在当地还是相当有声望的。

“嗯……啊……”大鲸支支吾吾不知怎么说好。

“可见人家还是靠的才华吧？”贺望东故意说道。

“怎么可能！绝对不是！什么才华，他就是个愣头青！”

“或许他有你不了解的长处呢？”

“要说他有什么长处，也就是在宴会余兴之时跳跳舞罢了。其他的，我看什么都不会。”

“他舞跳得怎么样？”

“不怎么样，不过是喜欢跳罢了。不过他虽跳得一般，看的人倒也乐在其中。”

“你有证据证明他拿钱买官吗？”

“没有确凿的证据，就是老听人背后这么说来着。”

事实上，即便有证据也无济于事。提着礼物去有权势的人家拜访，一旦有了官位调动，自然有好处，这正是所谓的“投之以桃，报之以李”。在当时，凡从六品以下的官员，由吏部任命。吏部凭什么任命呢？这就需要“选举”。选举并不一定要投票，相比之下，有权有势或德高望重者的举荐更为重要。不过，若自己举荐的人上任后出了纰漏，举荐者也难辞其咎，轻则降职，重则受刑。因此，举荐者对于举荐一事是相当慎重的，往往对被举荐者耳提面命，晓之以厉害，甚至要求对方定期向自己报备。

“总之不会错的，那家伙肯定是花了不少银子，才捞到个长史来做。”大鲸气恼得很，说得唾沫横飞，“我也要赚大钱，要出人头地……怎样才能赚大钱呢？”

贺望东忍无可忍道：“行了，你就闭嘴吧，光想着赚钱，你这不是自降身价吗？”

二

某日，遥大鲸来到掬水楼，一见到贺望东就高声道：“有了！有了！”

“有了？什么有了？”贺望东有些不耐烦。

近日真人莫问唠叨得紧，他不能再像先前那样隔三岔五就来这花街柳巷。今天难得出来一趟，本想痛痛快快地玩儿，却不想前脚刚到，遥大鲸后脚就找来了，他不禁感到扫兴。

不过大鲸显然不是那种会察言观色的细心人。

“就是我上次说的赚钱那事，有了！”

“那好啊，你好好赚一大笔。虽然本公子对你不抱什么期望，不过若你非要分我一份，我也不会推辞的，你只管拿来好了。”

就在这时，小凯走进来了。

“贺公子是叫我拿酒来吗？”

“我不是叫你拿酒来，是叫大鲸拿钱来。能否赚到钱还难说，不过若是动动脑筋，能赚到也未可知。”

小凯被说糊涂了，笑道："真不知道你们在搞什么名堂。"

大鲸道："反正要动脑筋的话，就借你的脑筋。"听那语气，像是吃定了贺望东。

贺望东道："我的智慧也并非取之不尽，用之不竭的，还是得省着点儿用。"

"但我这桩买卖，却是取之不尽，用之不竭啊！"大鲸这才说起他的赚钱门路来。

群贤坊住着一个名叫王久的大财主，整个长安城，没有人不知道他的大名。

且说这个群贤坊，紧挨着长安城西面的金光门，其东边就是喧闹的西市。坊内有两个尼姑庵，一个叫真心尼寺，一个叫真化尼寺，还有不少商人的宅子。

这个王久倒不是靠放贷吃利息发家的，他自己做着买卖，也参与委托交易，和全国各地有势力的商人都有联系。据说，他要买进什么东西，什么东西就会立刻涨价，反之，若他要抛售什么东西，消息一传出，这东西的价格立刻就一落千丈。

王家有三个大管家，每月定期开两次会，专门讨论和确定买卖方案。但不知为何，最近总有人抢在王久之前买进或抛售他要买卖的东西。于是，王久有时不得不高价买进或廉价卖出，损失不可谓不惨重。

这种状况接二连三地出现，王久思来想去，觉得原因只能是有人泄露了机密。但他对自己的三个管家有着绝对的信任，甚至说道："若他三人中的一人可疑，那我便不要了这命！"但他又实在毫无头绪，只得来找侄儿的朋友遥大鲸商量。

"只要你能帮我查出真相，揪出泄密之人，我定当重金酬谢。我要弄个水落石出，这倒不是因为亏损，而是不愿看到小人得志。"

"重金？多少？"遥大鲸嘴快，直截了当地问道。厚脸皮或许也可算作他的一个长处吧。

"这个数，怎么样？"王久伸出两个手指。

遥大鲸歪着脑袋表示不解。

王久道："金子。"

"二十两？"遥大鲸压低声音道，其实他心中盘算着是二两，但故意说成了二十两。

"呵呵，不是二十两。"王久缓缓摇头道，"是二百两。"

"二、二百两？"遥大鲸重复了一遍，半晌才回过神来似的点头道，"行，成交！"

遥大鲸被那二百两金子冲昏了头脑，根本没有想过自己是否能破得了案。待冷静下来，他暗自琢磨着："找贺望东吧，他肯定有办法。他成天无所事事，就喜欢探究这些，大不了给他分点儿钱……"就这样，他从群贤坊径直来到了掬水楼。

三

“二百两？”贺望东也吃了一惊。

根据《资治通鉴》记载，玄宗皇帝时期，刑部尚书裴敦复为了搞垮户部尚书裴宽，给杨贵妃的姐姐送了“五百金”[1]。由此不难推断，二百两黄金可以说是相当大的一笔金额。

“你要是能帮我解开这个谜，我就分你五十两。”大鲸道。

他借用贺望东的智慧，却只愿意分给对方五十两，确实有些贪婪，不过好在大鲸这个人没什么坏心肠，否则也不会把王久出价二百两的事情告诉贺望东。

贺望东倒是不在意谢礼，他只是觉得有人竟然愿意出如此高的价，可见是件大事，对于又大又难解之事，他素来兴致勃勃，于是道：“你且说说事情的来龙去脉。”

---

[1]见《资治通鉴》卷第二百九十四。

大鲸便抓住要领，将王久与管家共商大计之事说了一遍。

王久的这三个总管，一个叫赵能，一个叫卢维勉，还有一个叫吴长乐。每次开会，王久都会叫人在后院的屋子里备下酒菜，四人从从容容地商议买什么，另有三名丫鬟在旁斟酒端菜，细心伺候。

“难办的是，王久说这三个丫鬟也是绝对可以信赖的。”

“这个王久如此信任身边的人，倒是和一般商贾有点儿不同啊。”贺望东道，“或许也正是他的这种信任，才为他带来了更多的生意吧！一个疑心重重的人，纵使能赚到钱，也成不了大气候。”

“你说对了，这个王老板就是特别容易相信别人。都说女人不能轻信，他却尤其信任女人。”

小凯听了这话，撇撇嘴道：“谁说女人不可轻信？你还不是从娘胎里出来的。”

对于这种抗议，大鲸毫不介意，他仿佛天生就能过滤对自己不利的信息。他继续对贺望东道：“他之所以信任丫鬟，是有原因的。”

“什么原因？”

“因为她们只能待在后院，根本不准出来，连和外边的人说话都不行，更别说泄密了！”

“原来如此……”

在当时，不少富足之家的生活都如帝王一般，甚至备有“后宫”，不过王久已经年逾花甲，养这些丫鬟，无非就是为了享受耳目之娱。

他一共养了十二名妙龄丫鬟，其中六名歌姬、六名舞姬，每次开会时，都由固定的三人来伺候。年龄最小的是歌姬张杏君，她刚满二十岁，自幼便在王家长大，接受歌舞训练。那叫刘芳梅的原先是平康坊的舞姬，王久以前到平康坊饮酒时，十分欣赏她。几年前花重金为她赎了身，打那以后，就一直住在王家。刘芳梅擅长典雅、舒缓的舞蹈。不过，自玄宗皇帝即位以来，人们更喜欢雄浑活泼的节奏。为迎合不同客人的口味，王家便又为一位舞姿轻快流畅的名姬赎了身，这就是史春燕，年龄在二十五岁上下。

就王久的财力与地位而言，家中养上十二名歌舞姬并不算多，她们各个身怀技艺，因而备受宠爱，唯独一条——不得与外界接触。因此，对于这种宠爱，她们并不心怀感激。相比之下，她们反而更羡慕那些粗使丫鬟，至少还能不时外出采办走动。

四

“王久就没有怀疑的人？他在生意场上这么多年，想必也得罪过不少人吧？”贺望东问道。

“怎么没有？可对方来头太大，王久这才头痛呢！”

“什么来头？”

“三阶教化度寺[1]。”

三阶教是佛教的一个派别，由隋代的信行禅师所创。化度寺坐落在群贤坊以北的义宁坊，旁边就是开远门。寺中的无尽藏院远近闻名。

长安城中多为木结构建筑，最是畏火，贵重物品放在家中未免有隐患。寺院中通常都有宽敞的院子，存放典籍与佛具的库房也相当坚

[1]化度寺：化度寺始建于汉明帝公元前69年，公元531年隋文帝时，三阶教创始人信行禅师曾为该寺住持。历史上高僧辈出。现寺内主要有圆通宝殿等大型仿清古建筑，另供奉有晚唐所雕刻的毗卢石佛雕像。另有佛藏五部。

固，加上崇尚佛法的风气盛行，很多人便把贵重物品存放到了寺院中，报酬便是布施。寺院的财物用于应对灾害或修葺建筑，若是遇上灾荒饥馑之年，亦用于救济穷困之人。南北朝时期，一些规模较大的寺院中的僧侣们利用剩余的香火钱为百姓办理押物放款的业务，当时称为“质库”，这便是最早的当铺。到了唐代，质库的收入已成为寺院经济主要来源之一。

这无尽藏院便是化度寺的质库。“无尽藏”取“佛法无边，作用万物，无穷无尽”之义，意为本利不断滋生之长生钱。在众多参与经营的寺院中，化度寺可谓是佼佼者。

许多商人都从寺院借钱做买卖，将来再还本付息，如此循环往复。后来，寺院自己也做起了买卖，这就相当于和商人抢生意。商人们自然不快，但凡聚到一处，就免不了要数落寺院一番。而王久猜测自己的商业机密或许是被化度寺窃取，所以不惜重金也要将此事查个水落石出。

“生意人与和尚相争，感觉充满了血腥味儿啊！”贺望东叹了口气道。

“管他血腥味儿还是焦煳味儿，总之二百两不变就行。”遥大鲸将葡萄酒一饮而尽，又道，“王久的三个管家里头，赵能已经七十二岁了，他在王家待了六十年之久，绝对可以信任。”

“话虽如此，但毕竟年事已高，稀里糊涂地透露机密也不是不可能的。”贺望东说。

“他一点儿都不糊涂。我见过他，脑子比年轻人还清醒。”遥大鲸道。

三位管家中，年纪最小的是吴长乐，他今年四十六岁，是王夫人最小的弟弟，按理说不会背叛自己的姐夫。

剩下的一位卢维勉今年五十二岁，他恪守信用，被王久称为“当今的尾生”。尾生是春秋时期鲁国人，据说，他与一名女子相约在桥下见面，可那女子始终没有来。后来下雨了，河水逐渐上涨，尾生为了信守约定，愣是没离开，最终抱柱而死。后人以“尾生之信”形容一个人只懂得守约、不懂得变通。卢维勉正是这样的人。若说他要出卖主人，谁都不信。

王家上下共有五十来名女佣人和一百多名男佣人。其中，守备后院的十几名男佣人是太监。后院有一个坚固的铁门，一堵密不透风的高墙，家姬们可谓名副其实的笼中之鸟。

王家每月两次邀请志趣相投的朋友来家中，大伙儿就在远处的二层楼上看家姬们跳舞。

“为何不在近处观看呢？”

“有钱人也有小气的时候啊！”

遥大鲸说了一通有钱人的坏话，心情舒畅多了。

五

“走，我们也看看去。”

就这样，贺望东和遥大鲸也去了王家每月定期举行的“名人会”。这不是公开演出。王家只邀请志趣相投的人士，旨在共同欣赏曼妙的歌舞，但也难免给人一种炫耀之感。“如何？名不虚传吧？歌姬也好，舞姬也罢，并非越多越好啊！”王久仿佛在这样说。

观看表演的过程中，贺望东极力忍受着王久那种暴发户的架子。遥大鲸对此却全然无觉，倒是另一件事让他十分难过——如今成为自己上司的段靖也来了。

段靖的到来并不奇怪，他对舞蹈有着独到的见解。

“哦，大鲸兄，你也是来看歌舞的吗？”升任了从六品官长史的段靖装模作样地问了一句，语气中带着些许戏谑。

“不错，我遥大鲸虽是粗人，偶尔也愿意看看歌舞。”他挺着胸脯说道，不过心中却觉得有些厌恶。

“春燕的舞蹈在别处可是看不到的。她的舞，皆是临场发挥，即兴而起，先生且慢慢欣赏。”王久对贺望东道。

贺望东是受邀而来的，同好之士十余人，幸亏没有熟人。遥大鲸则是作为贺望东的朋友跟着来的。贺望东坐下后，旁边的段靖却一直站着。

“您不坐下吗？”贺望东问。

王久代替段靖回道：“这位先生每次都站着观赏。他觉得坐着虽舒服，却未必能体会到歌舞的精华……这个见解倒是独特，只不过我这老头儿还真是受不了啊！”

当时的舞蹈受西域的影响，节奏很快。白居易在《乐府诗》中所描绘的胡旋女形象，可以说相当具有代表性——

胡旋女，胡旋女，
心应弦，手应鼓，
弦鼓一声双袖举。
回雪飘飖转蓬舞。
…………

胡旋女是从康居国[1]来的舞蹈女子。春燕是大唐女子，她将西域舞蹈与大唐舞蹈融为一体，自成一派。

王久道：“听说她没有拜过师，我看是真的。活到这个岁数，我也看过不少舞蹈，春燕这样的，还是头一个。”

只见春燕如旋风一般向前疾跑，却突然停下旋转起来，继而弯下腰，一腿踢向空中，双臂用力向后一伸，划一小圈儿，猛然跪下……她的身体似湖水一般荡漾，忽而有力，忽而轻快，如此反复……

“舞蹈张弛有度，很有节奏感。”贺望东道。

王久听闻，也称赞道：“不愧是行家。将每一个小段落串起来，构成一个长舞，这正是其舞姿之生命力所在。”

“没错，没错。”遥大鲸也冒充个行家，摇头晃脑地附和道。

左旋，右转。舞者沉浸在舞姿之中，仿佛不知疲倦。

继春燕激烈的舞蹈之后，是杏君幽雅的歌曲。之后，这天的演出结束了。

王家的凉台上已备好简单的宴席，饭后，客人们陆续道谢告辞。贺望东和遥大鲸最后离开。

“多谢王老板款待，也预祝您生意顺利。”贺望东起身道，“若此番假借盐商票据购买蜀川罗，实则购买南方斑布的计划顺利，就太

---

[1]康居国：“去长安万二千里”，跟当时的大月氏属于同种。东汉时期，康居国是西域三十六国之一，领地很大。

好了。”

“啊?! ”王久猛地从椅子上跳起来。

贺望东刚才所说的，正是前两日在私密会议上商榷的事宜。除了自己和三个管家之外，不应该有外人知道，何况今日三个管家都没有来看歌舞。

“这……你是怎么知道的？”王久问道。

贺望东回头看了一眼遥大鲸，道：“是这位遥先生识破的。”

遥大鲸一听也吃了一惊，为了不露出破绽，装作咳嗽起来。

“究竟是怎么回事？烦请不吝赐教。”王久非常认真地说道。

“我可以告诉您，不过有个条件。”贺望东说。

“请讲。”

“把您那个舞姬史春燕卖给我，五十两金子，如何？”

王久稍作思考，道：“可以。”

贺望东起身告辞：“那么，后天您来掬水楼，我把事情的来龙去脉讲给您听。”

六

“喂，究竟怎么回事？你都把我弄糊涂了。你识破什么了？要告诉他什么？”

从群贤坊出来，到平康坊掬水楼有相当长的一段距离。一路上，遥大鲸不停地追问贺望东，语气中流露出些许担忧。

贺望东却仿佛有十足的把握，劝慰道：“你就放心吧！”

“用五十两金子买那个舞姬……便宜是便宜，可你哪儿来的钱啊？”

“遥先生不是很快就能得到二百两了吗？你可是答应要给我五十两的。”

“哦……没错，我是说分你五十两，可前提是你得解开谜题呀！”

“嗯，简单。”

“简单？”

“你看过字舞吗？”

“去年在内殿看过一次。”

“就是那个。”

“哦……”遥大鲸停下脚步，似有所悟，正要拍大腿，却又迟疑了，手停在空中，说道，“可那是几百人一起跳啊！”

“字舞者，以舞人亚身于地，布成字也。”——字舞一般是在祭祀大典或嘉宾盛宴等比较隆重的场合演出。据《旧唐书》记载，则天皇帝曾亲自排演“舞之行列必成字”的“圣寿乐”。玄宗皇帝时期，圣寿乐又有新制。有一个由一百四十人组成的圣寿乐，曾以舞摆出“盛超千古，道泰百王，皇帝万年，宝祚弥昌”十六字。记载中，跳圣寿乐的人数最高一次达九百。

通过字舞，即便是“笼中鸟”，也能与外界取得联系。但在王家，这些女孩子都是单独演出的，无法组成字舞。

“就是再简单的字舞，也得要十来个人才能跳吧？”遥大鲸一脸质疑的神情，仿佛在说，“你该不是在瞎说吧？”

“不，一个人也可以跳。”贺望东说。

遥大鲸抱着胳膊想了想，道：“嗯……也是……身体直躺就是个‘一’字，屈起就是个‘乙’字……但也就这样而已啊！”

“有些简单的信息，一个人也是可以通过舞蹈传达的。”贺望东认真地说。

“一个人跳字舞，把想说的话传达给别人？这怎么能做到呢？”

“一个人就像一支笔，通过舞蹈时的动作、路径，在舞台上写字。春燕就是用这种方式跳的字舞。她每完成一个段落，即写完一个字。起初我也觉得惊艳，细看之下才发现其中的门道，便一字一字地读下去，正是方才我说的买斑布的事情。”

“什么?！”

“若是站着看，视角高，自然更清晰。”

“站着？……你是说段靖那家伙？”

“没错。我见他的手指暗暗在大腿上比画着，想必是在根据春燕的舞蹈写字。”

“去他娘的！”

由于遥大鲸说话过于大声，惊得从他身旁经过的一个小商贩猛地回头看。

“他的小伎俩被识破了，这就好办了。”

“那你刚刚当着他的面，为什么不揭穿呢？”

“若真是段靖，那他是跑不了的。不过，空口无凭，我还得做些调查旁证一下。”

七

遥大鲸这个人，自己不善于找路，但若是别人找到了路，只让他去做事，他的速度可谓十分地惊人。何况，这次的事对他而言如此重要，因为窃取王家机密的，正是一心向上爬的段靖。

“不过，官府可能无法将其定罪。”贺望东说。

毕竟，探听消息、抢先行动，可以说是生意上的重要环节。以此定段靖的罪实在过于牵强。但如果能证明段靖收了化度寺的贿赂，那么官府拿他就有足够的理由了。只是若果真如此，名声在外的化度寺就会名誉扫地。因此，无论如何，化度寺是不会让这件事外传的。

“只要让段靖那家伙抬不起头来就成，定不定罪，我不在乎，毕竟我们也没有什么深仇大恨。”

经过整整一天的调查，遥大鲸弄清了内幕，感到很是痛快。

“那个叫春燕的舞姬，已经向王久坦白一切了。”遥大鲸故意诱导段靖道。

段靖无法核实。他和春燕只是通过舞蹈来沟通，却无法当面交谈。“春燕竟然自己坦白了？”想到此处，他感到内心像是被重重地捶打了一番。

“大鲸兄，实在惭愧……我就是想赚点儿钱。我自幼就是孤儿，不想看到我的孩子们也受那样的苦……我心里急，希望能早日出人头地，就……唉！就收了化度寺的……”他低着头，语气中充满了懊悔。

遥大鲸见此情景，虽目的达到了，但也觉得段靖可怜，不禁有些动容。这个遥大鲸，也是个性情中人。他拍着胸膛道：“好，我找王久谈谈，让他别把这事声张出去。”

“那次和你在一起的那个人，也知道此事吧？”段靖指的是贺望东。

“不错，我告诉他了。”遥大鲸随口说道。

“他的嘴也得封住啊！”

“话是没错，不过他可是个贪心的家伙，想要封住他的嘴，恐怕要这么多！”遥大鲸说着伸出一只手掌。他的恶习又露出来了。

段靖趁遥大鲸没改变主意，连忙跑到里屋取了五十两金子来。

“还有……那个春燕怎么办？”

“段靖兄弟，你和春燕究竟什么关系？”遥大鲸见段靖有些为难，又补充道，“你要是不想说，我绝不勉强。”

“这倒无妨。”段靖道，“我和春燕也算是青梅竹马，我们又都是孤儿。我比她大五岁，年幼玩耍时也曾说过长大后结为夫妻的话。”

“这么说，她是你的未婚妻？”

“不不，那只是小孩子之间一时的戏语，长大成人后，我已经不记得了，可春燕还记得……后来我们再见面时，我已经有妻儿了。”

“也就是说，春燕并不当是戏语，而是认真的？”

“似乎如此……”

“她生气了？”

“没有……她不但没有气恼我，还说愿意为我做任何事……”

“这……”遥大鲸刚想说什么，胸中突然涌起一股火气，心里暗骂：“他娘的，段靖这家伙居然遇到了这么好的女人！”他将这嫉妒的火焰压下，继续道：“这个女人不简单呐！”

“确实不简单。春燕原本学的是康居国的快舞，用身体写字的法子是我想出来的……我是个孤儿，幼年时曾受化度寺照拂，一直希望能报答他们。春燕也一样，她在化度寺的慈善库待过。因此，化度寺若有用得到我们的地方，即便有违伦常道德，我们也难以拒绝。这种心情，大鲸兄怕是不能理解的。”

听段靖这么一说，遥大鲸又有些心软了。自己生长于寻常的富贵人家，受到家人无微不至的照顾，确实无法对孤儿的经历感同身受，但也不是完全不能理解。

化度寺虽做买卖，但比不过行家，总是因为抓不住时机而赔钱，这才想到要抢占先机。在化度寺收养过的孤儿中，最出色的要数段靖，于是，僧人们便去找段靖商量经营之法。也正是在那个时候，王久想找一个能跳西域快舞的舞姬。段靖曾作为王久的同好，不止一次受邀参加王家的歌舞宴会，知道王久的一些习惯也不足为奇。他找到春燕。春燕很爽快地就答应了。

“她是自愿的，我并没有勉强她。”

八

掬水楼中，小凯正在闹情绪，因为贺望东说：“我决定买一个舞姬。”

“悉听尊便。”她说着扭过头去，端起来自西域的上好葡萄酒，大口大口地喝起来。

“喂，你喝慢点儿，喝那么急对身体不好啊！”贺望东劝道。

“管我做什么？你买你的舞姬去，我喝我的酒。”小凯说完又咕咚咕咚喝了起来。

就在贺望东束手无策之时，遥大鲸来了。这可真是及时雨啊。

小凯倒是很想听听关于舞姬春燕的事情，但因与贺望东闹别扭，不愿意听他说。

遥大鲸把春燕和段靖的事讲给贺望东听，小凯自然也都听进去了。当说到春燕为爱而献身时，一直背着身子听的小凯不禁泪眼婆娑。

“唉，这个春燕姑娘还真是可怜啊……你尽快把她赎出来吧。若是钱不够，我还有些积蓄……”小凯转过身看着贺望东道。

“怎么？不生气了？”贺望东挠挠头笑道。

遥大鲸道：“当初说好的，我给你五十两，但你要用这钱来买春燕，我可不答应。”

“既然是给我的钱，我爱怎么用怎么用。”

“我的意思是，买春燕的钱，我出！”遥大鲸语气坚决。

“哟，今天是怎么了？连大鲸都变了！”

“我又不是没有感情的人。我虽讨厌段靖那家伙，但一想到他的身世，我倒是能原谅他。春燕就更不用说了……好女人哪！”

“原来如此啊……”

“段靖这么做，是为了帮助把自己养大的化度寺。如果寺院能赚钱，更多像自己一样的孤儿就能得到照顾了。不过，段靖有个差事，生活还算不错了。可春燕呢？她是个没有自由的家姬，若不能赎身，就太可怜了……不就五十两吗？小意思，我出了！”遥大鲸一副满不在乎的样子。

“大鲸哥，今日倒是让我刮目相看呀！”小凯道。

“不错，我也对你有了新的认识。”贺望东道。

“嘿嘿，我遥大鲸好歹是个有情有义的男人。”不过，他绝口不提刚才从段靖那里得来的、用于封住眼前人之口的五十两金子。

“总之，先把春燕弄出王家，之后的事情，就要劳烦小凯姑娘了。不知姑娘意下如何？”贺望东说。

“交给我吧，我会好好安顿她的。”小凯点点头道。

至于王久，他在约定当天来到掬水楼，听完贺望东的叙述，内心虽然气愤，但是却拿化度寺毫无办法，只能自认倒霉，在之后的决策中更加小心谨慎。

就这样，这件事谁也没有说出去。

据《册府元龟》记载，由于玄宗皇帝对无尽藏的经营行为忍无可忍，曾下令调查，并没收了长安化度寺和洛阳福先寺的财物[1]。那是按照开元九年四月壬寅的诏书行事的，略晚于本案的发生。还有一种说法是，开元九年对化度寺无尽藏经商的禁令，是因为长安的大商人认为化度寺干涉了自己的势力范围，于是用黄金买通了高官。

寺院学习商人的生意经，却有一件事忘了学，即把赚到的钱用到下次赚钱的地方去，例如，用金钱把竞争对手搞垮。化度寺只是拼命窃取王久的商业机密，却没有想过这并不是一劳永逸的办法。

简言之，化度寺是被商人们击败的。

一百三十年后，即宣宗大中六年，化度寺改名为崇福寺。它已经不再从事商业营利，而是专心于宗教事务，法灯延续了千年。

[1]见《册府元龟》第一百五十九卷《帝王部·革弊》。

且说遥大鲸，结束段靖的案子后，没几个月，就升任了旅帅之职。这是个武官官职，从六品上，率领二十人，岗位仍在金吾卫。

“你这次晋升有点儿奇怪……我嗅到了金子的气息……”

遥大鲸扇着扇子道：“什么？我可是光明正大的！”虽这么说，鼻尖儿上却冒出些许小汗珠。

工匠往事

一

繁华的长安下起了雨。

贺望东整夜辗转反侧，虽有倦意，却一直难以入眠。他仰面躺在床上，举起胳膊伸了个懒腰，又打了个哈欠。

蓦地，一滴水落在左眼旁。

他赶紧收住尚未打完的哈欠道：“漏雨了……”

这一说话，那水滴差点儿没掉进他嘴里去。他用手指抹掉面颊上的水滴，抖了抖肩膀。

“睡醒了？”坐在桌子面对的小凯调皮地笑道。

“水滴在脸上，自然是醒了。”贺望东看了一眼桌上打开的信。

那封信是去洛阳的阿倍仲麻吕寄来的。信纸也沾了雨滴，洇湿了信尾的字。

“早就叫人来修屋顶的。”小凯皱眉道。

“哦，是早就漏雨了？”

“是啊。”

“那怎么还没修呢？”

“找不到会修理屋子的工匠啊！”

“嗯……全被调走了吧！”

玄宗皇帝还是太子的时候住在兴庆宫，登基后，他大面积扩建兴庆宫，又要在长安东郊的临潼建一座避寒避暑的宫殿。为此，这位喜欢豪华的皇帝动用了长安城所有有名的工匠。“不过是修个屋顶，用不着名匠吧？”贺望东道。

确实，长安城中即便找不到一流的工匠，找个三流的工匠还是有的。

“偏偏我家妈妈只喜欢一流的工匠。”小凯有些无奈地说道。

“为什么？”

“大概是觉得，若不能让一流的工匠来修，就显得寒碜吧。”

“楼中到处滴滴答答地漏雨，岂不是更寒碜？”话音刚落，又一滴雨掉下来，正好落在信纸上。贺望东急忙把信收起来。

“可不是？我这就去找妈妈说说。”小凯起身走了出去。她确实是个训练有素的歌妓，就这么简单的一个动作，也能做得娇而不媚。

贺望东每次来掬水楼，都只找小凯。在这里，从他换洗的衣物到文房四宝，可谓一应俱全。橱柜里放着的西域运来的葡萄酒，自然也归他享用。在这个房间里，不管思考点儿什么，都能够很快理出头绪来。即便什么都不做，只要待在这个房间里，他就不会觉得闷。贺望东自己也觉得奇怪，莫非在意识深处有什么东西和这个房间有关？“我和这房间究竟有什么样的缘分呢？”他总是忍不住这样想。

雨滴滴落的间隔越来越短。

无奈之下，贺望东拿出两个小碗接水，然后抱着胳膊静坐着，就这么呆呆地看着水滴落进小碗中。

这一看，竟入了神，连遥大鲸什么时候进来的都没注意到。

遥大鲸咳嗽了两声，贺望东回过神来，抬头看了他一眼，问道：“什么时候来的？”

“刺客就喜欢你这样的。”

“幸好没有刺客想杀我。”

“你就盯着个碗？”遥大鲸也瞧了瞧那小碗，“我看你是闲得发慌了吧？”

“我倒没觉得闲，倒是你们金吾卫，当官儿的都像你这么清闲吗？不过对百姓来说，这倒未必不是好事啊！”

确实，若当官的都无事可做，想必天下太平。

就在这时，楼下传来吵闹声。

哗啦！瓷器被砸碎的声音不断传来。

“什么！你们把我当什么人了！”有人叫嚷道，声音虽大，却有些嘶哑。

二

在青楼中有喝醉的客人挑衅，或因争风吃醋而闹事，这倒不是什么新鲜事儿。对于官居从六品上的遥大鲸来说，处理这等杂事，似乎有些“大材小用”了。但不管怎么说，碰上了总得管。

“我去看看。”遥大鲸说完便不见了踪影。

一刻钟后，遥大鲸悠然自得地回到小凯的房间，轻轻拍了拍手，一副“小菜一碟”的样子。

贺望东看他一副得意扬扬的样子，无奈地摇了摇头。

随后，老鸨也进来了。她直冲遥大鲸哈腰道谢：“多亏了您哪，不然我们真不知如何是好啊……”

“咳咳，不算什么。把那老头儿砸坏的东西开个清单，我叫他赔给你！”遥大鲸道。

“哦？闹事的是个醉老头儿？”贺望东忽然来了兴致，毕竟逛青楼的多是风流的年轻人。

“这是因我找妈妈谈房子漏雨一事而引发的。”小凯解释道。

事情是这样的——

掬水楼的老鸨做事向来青睐第一流的，当小凯找她谈修屋顶的事时，她道：“名匠都去临潼了，日后再说吧。”话刚说完，突然想到老工匠申舒正在一楼喝酒。

话说这申舒当年也是长安城中首屈一指的能工巧匠。凡是经过他手的东西，无论是庄重性还是灵巧性方面，无人能出其右，故而名门望族都愿意将工程交由他来做。

老鸨与申舒熟络，想着一直这么漏雨也确实不妥，便走到申舒面前随口说道：“我说老申哪，我这房顶正在漏雨，你顺便给我修修去？”

谁知平时性格温和的申舒突然大发雷霆。贺望东倒是能理解申舒的心情。作为客人花钱取乐，酒兴正浓，老鸨竟跑去找他修房子，岂不是自讨没趣？何况，若说修的是豪华殿堂，那就另当别论，可修漏雨的屋顶不过是换几块瓦片的事，他虽垂垂老矣，但毕竟曾是名匠，岂能任人如此羞辱！这老头儿性子倔强，怒气一上来谁也劝不住，哗啦啦地将桌上一应盘子摔烂在墙上、地上。

就在事情闹得不可开交之时，遥大鲸出现了。他一把抓住申舒的衣服，用力将其拉到了屋外。

谁知到了屋外，这申舒仍旧余怒未消，竟对着遥大鲸发起火来。

无奈之下，他对身边的老鸨说："先让他待在堆房里，酒醒了再放出来。"

"也怪我！"老鸨有些懊悔道，"他时常过来喝酒，我见是熟人，也没多想……哎呀，他平常可是相当老实温和的一个人，没想到今天会闹得这么厉害。"

"我估计他是遇到什么不顺心的事了吧。谁都有这种时候，是吧？有时突然就心情郁闷了。"遥大鲸道。

"话是这么说，不过我还是觉得他有点儿反常啊，吓死我了……老申我们都了解，可……"小凯说着，肩膀不自觉地抖了抖，或许是又想到了申舒发怒的样子吧。

贺望东几乎每天都进出掬水楼，自然见过申舒，两人也算是点头之交。在贺望东的印象中，申舒总是一副随和亲切的模样，今天一反常态地大闹，确实有些蹊跷。

正在贺望东沉思之际，遥大鲸突然神秘兮兮地说："巧了！我跟你们说啊，这个申舒以前卷进过一宗案子。那还是我叔叔年轻时的事……"

三

大约二十年前，长安城发生了一起奇怪的杀人案。死者名叫郑庄，是个百工监副监。

百工监是个官署，主管木材的采伐。在这里任副监，虽是从七品下，但因管理着全国的木材，对于搞建筑的人而言，也算是梦寐以求的职位了。郑庄被杀后，关于他的传闻比比皆是，有的说他贪污，有的说他是个滥用职权寻求女色的恶霸官僚，甚至有人说他死有余辜。

且不说这些传闻的虚实，仅就案件本身而言，也是一桩悬案。此案怪就怪在郑庄被杀的手法。

那天开工时间已过，同僚们左等右等，也不见他来，于是便决定一起去他的住处找找。

百工监的住处在靠近山林一个叫斜谷的地方。郑庄一个人住在这里，他的家属都在长安。同僚们敲不开门，只得砸开窗户进到屋里，这才发现门和窗都是从里面闩上的。郑庄躺在地上，周围全都是血，已经死了。他背上插着一把刀，显然是被人从后面刺杀的。

“这可把大伙儿吓得不轻，一个个面如土色，有的连滚带爬地跑了出去。”遥大鲸说得好像自己亲眼看见了一样。

为什么一再说这是个“怪案”？因为在这样一间完全密封的屋子里，凶手杀人后，竟然凭空消失了。金吾卫怀疑房间里会不会有什么密道，于是发动大量人力，把房间里里外外仔仔细细检查了好几遍，结果并未发现任何蛛丝马迹。有人甚至提出会不会有妖术……

听完遥大鲸的叙述，贺望东说道：“你怎么对这案子这么清楚？”

“都是我叔叔告诉我的。这个案子当年就是他负责的。”

“就真的没有地洞什么的？”小凯问道。

“别说地洞了，就是个老鼠洞都没有。”

“可郑庄的死跟申舒又有什么关系？”贺望东问道。

“瞧你猴急的！我还没说完呢……”

据说这郑庄生性贪婪，常常凭借权力之便，中饱私囊。他虽官职不大，却喜欢耀武扬威。按理说，这样的人早该丢官了，可他偏偏稳坐其位。若说对上司阿谀奉承、溜须拍马的本领，估计无人能及郑庄，因此，上面的人对他往往睁一只眼闭一只眼。此外，郑庄还十分好色，看见哪家姑娘漂亮，就软硬兼施把对方据为己有。当年和他交恶的人不在少数，其中和郑庄最势不两立的，就是刚才在楼下闹事的申舒。这两人的仇，可以说是不共戴天。

“他们有什么仇？”小凯兴趣盎然地问道。

申家几代都是工匠，因技艺精湛而小有名气。申舒自幼天资聪颖，将代代相传的技艺加以磨炼，年纪轻轻就经常被大户人家请去做工。申舒有一位贤惠美丽的妻子。两人恩爱有加，日子过得虽不是大富大贵，却也有滋有味。

岂料好景不长，郑庄看上了申夫人，竟恬不知耻地跟申舒说，若是把他夫人让给他，他愿意重金相酬，还会给他个一官半职。自然，他遭到了严厉的拒绝。郑庄可不是一个善罢甘休的人，只要是他中意的东西，不惜一切手段也会弄到手。

一日，郑庄委托别人说有工程拜托申舒，将他支开。趁着申舒外出，他派人劫走了申夫人。申夫人受了侮辱便咬舌自尽了。那郑庄利用手中的权势，将大事化小、小事化了，保住了自己的官职。知情的工匠们自然也都不敢声张。

所以，当郑庄被杀的消息传出，大家都一致认为是申舒干的。但是，定罪要讲求证据，官府搜寻不到，连凶手是怎么离开现场的都不知道，自然无法捉拿申舒。

甚至有人传言：“莫不是申家娘子的鬼魂来找他索命了？”

官府查来查去，案子依然毫无进展。最后只能作为一桩悬案，束之高阁。随着时间的流逝，曾经轰动一时的密室杀人案也渐渐被人们遗忘了。

此后，当时尚且年轻的申舒就不干木匠活儿了。他原本还有些积蓄，便做些小买卖，二十年也过来了。他经常喝酒，但酒品尚可，醉了也很老实，从未撒过酒疯。故而这老鸨和小凯才会被吓到。

“唉，都不容易啊！他是心情积郁才砸东西发泄……此事就罢了吧！”老鸨念在和申舒是旧识，又听了遥大鲸讲述往事，不免动了恻隐之心。

“我也没打算把他怎么样……等他酒醒了，教训两句就放他走。”遥大鲸爽快地说道。

“教训他的事，能否交给我？”一直静静地听遥大鲸说话的贺望东道。

“行。”遥大鲸抿了一口酒，“你去吧，反正我也不知道怎么训人。”

“贺公子打算怎么教训？我很好奇呢。”小凯道。

四

从屋顶漏下的雨滴不偏不倚，正好落在遥大鲸的鼻尖儿上，遥大鲸有些生气地说道："什么破房子！想当年郑庄住的那个房子和这个到处漏雨的掬水楼可不一样，据说坚固得连屋顶都像用年糕一块一块粘上去似的，一点儿缝隙都没有。到底是管理木材的官署，建造宿舍的工匠们自然也用了最好的木料，干活儿时也都是精益求精……"

"那个房子现在还在吗？"贺望东问道。

"既然是副监的住所，按理说，接任者应当会住进去。不过那屋子发生过凶案，听说谁都不愿意住，就一直闲置着。再后来好像是着火了，被烧光了。"

传闻说杀人者是鬼魂，自然谁都避而远之。

"这么说，申舒当初应当是受过审讯的吧？"

"我叔叔说受过，毕竟从动机来说，他的嫌疑最大。'杀郑庄的不管是人是鬼，那都是他咎由自取！我只恨不能亲手杀了他为夫人报仇！’申舒就是这么说的。”

“这件事就一直这么悬着？”

“是啊！我叔叔说郑庄人品低劣，死不足惜，也就没有大费周章去调查……老百姓传闻都是鬼魂杀人，反正就是不了了之……渐渐就被人忘了。”

“那火烧房子是什么时候的事？”

“这我就不清楚了，可能是郑庄被杀两三年以后了吧！”

“那房子没人住，怎么会失火呢？”

“可能是流浪汉或者乞丐进去烤火？这种事经常有的。”贺望东还想问什么，遥大鲸却不耐烦了，岔开话题道，“行了，说点儿别的吧，这种陈谷子烂芝麻的事儿就搁一边儿。”

雨已经停了，但因屋顶有积水，雨滴仍继续漏下来。

两人开始闲聊别的一些事，忽而说到这年夏天可真是热，又忽而扯到富翁王元宝的龙皮扇——这是一种利用水力的自动风扇，接着又聊到了北庭节度使张嵩如何打败西藏军……

“到处都是人生……”贺望东突然感慨道。

在这个世界上，有能够享受龙皮扇的万贯富翁，也有在战争中死去的无辜穷人；有卑劣恶毒的官吏，也有像申舒这样内心承受着伤痛的工匠。人生百态，各有各的故事。贺望东陷入了迷惘——自己又何尝不是？不知道身世，一个人在异国他乡踽踽独行……

“啊——”遥大鲸不合时宜地打了个哈欠，打断了贺望东的思绪。“雨停了，得走了，我还忙着呢！那个申舒就交给你了。”原来遥大鲸来掬水楼是为了避雨。

看着身材短小的遥大鲸离去的背影，贺望东不禁又感慨起来。谁的人生不是人生？这个遥大鲸看起来整天嘻嘻哈哈，似乎没心没肺的，或许背后也有不为人知的烦恼呢？

“我去附近走走，很快就回来。”

雨后空气清新，为了不让自己一直陷在对人生的感慨当中，贺望东决定去街上走走。

平康坊的东边是东市，据说东市有六百步见方。对于想安静散步的人而言，这里未免过于喧闹，但贺望东却很喜欢在这里走走看看。他观察着来来往往的行人，看着每张神态各异的脸，想象着他们拥有怎样的人生，此刻正在为什么事情欢喜抑或忧虑。每当这时，他就觉得自己并非孤身一人，每个人都在背负着自己的命运不断前行。于是，内心会得到莫名的安慰。从东市继续往前走，就是兴庆宫。但贺望东没走到兴庆宫就折回来了。

缘分这东西真是奇怪。在掬水楼闹事的申舒，因是个一流的木匠，与管理木材的郑庄有了交集，后来又因申夫人受辱自尽一事，两人成了不共戴天的仇人。

五

贺望东一边思索一边踱步，竟又碰上了遥大鲸。他不禁再次感慨：缘分这东西果真奇怪啊……

“你一个人瞎转悠啥呢？”遥大鲸粗声问道。

贺望东没有回答，只道：“正好有个事要拜托你。”

“啥事儿？”遥大鲸刚处理了一起邻里纠纷，正心情舒畅。

“你能调出当年的案卷吗？”

“哪个案卷？”

“郑庄那件案子。”

遥大鲸愣了愣，问道：“你要那二十多年前的案卷干啥？你不会是想继续查吧？当年都没查出凶手，现在更甭想了。”

“不过是想看看。你就说帮不帮忙吧。”

“帮！”遥大鲸拍拍胸脯，难得贺望东有求于自己，他自然要好好表现。

郑庄生前是百工监副监，他的案卷存在大理寺中。一般人自然是看不了案卷的，即便是朝廷官员要看案卷，也须上报大理寺卿，经层层审批后方可调取，一来二往得好几天。遥大鲸一个金吾卫的小官，何以如此自信？原来，管理卷宗室的小吏是他的发小，又素来景仰遥大鲸的叔叔，一听遥大鲸要看二十年前的旧案卷，左右为难了半晌，磨不过和遥大鲸穿一条裤子长大的情分。

“就一会儿。”遥大鲸的发小道，“只能在这里看。”

“行。”遥大鲸拍拍发小的肩，“就知道你小子讲义气。”

“就你不讲义气，让我干这掉脑袋的事儿……”

遥大鲸的发小很快找来了郑庄的案卷，居然只有薄薄五页纸，光陈述凶案现场就用掉了四页，最后一页记录了审讯申舒的情况。

“就这些？”遥大鲸诧异道。

“就这些。”发小压低声音催命似的说道，“看完赶紧走吧，万一上头追究，我可是要吃不了兜着走……”

“你小子不会搞什么花样，故意藏着不给看吧？”

“你这说的什么话！”发小有些不悦，“我冒着掉脑袋的危险，你倒好！”

遥大鲸还要说什么，被贺望东抢过话茬儿道：“行了，走吧大鲸，多谢你这位兄弟。”

出了卷宗室，遥大鲸和贺望东便分道扬镳，一人回金吾卫，一人回掬水楼。

六

“堆房里那老头儿怎么样了？”贺望东问老鸨。

“刚开始一个劲儿地敲打着门，这会儿倒是没什么动静了，估计是累了。”

“我去看看。”

“我带您过去。”

“不用了，我自己去吧，把钥匙给我就行。”

堆房面向院子，背靠厨房。贺望东打开堆房的门。一道光线照进屋子，将原先的黑暗驱散。

申舒正坐在一把椅子上，那椅子扔在堆房里已久，只剩三条腿。他坐着，但并没有靠在椅背上。申舒酒醒了大半，眼睛仍有些惺忪，对于贺望东的到来，他没有丝毫反应。

“你怎么样了？”贺望东问道。

“我……我怎么在这里？”申舒问道。

“你喝醉了，在大厅闹了半天。”贺望东不知道他是真记不得醉酒砸场的事，还是在装糊涂。

“这……”他似乎想起了一些事，不禁低下了头。

“老鸨说她还是第一次见你撒酒疯。”为了不挡住从门外照进来的光，贺望东走到申舒的一旁说道。

“是啊！”

“方才金吾卫的官老爷也在场，听老板娘说你是个老实人，就只叫人把你关这儿，没送去武侯铺……你赔了盘子钱，也就没什么事了。”

“那就多谢了。”

“不用谢我。我不过是来给你开门的。”

“既然这样，我现在就去找老鸨，一来向她道歉，二来问问她赔偿的事……”

“不急。咱们随便聊聊，待你心平气和了再去也不迟。”贺望东说着把钥匙放进怀里。

申舒正要起身，听贺望东这么一说，又轻轻坐回到椅子上。贺望东则在一个坏了的石臼边上坐下。

“怎么会突然闹起来呢？”贺望东这话既像在问申舒，又像在自言自语。

申舒歪着脑袋，似乎在回忆当时的情景。

“事情我都知道了。你当年也是一流的工匠，老鸨却让你去修屋顶，确实是对你不敬……”

老头儿咳嗽了一声，挠挠头道：“不是这样的。”

贺望东却没有理会，顾自说道：“说起来也是无巧不成书。把你关进这里的那个金吾卫差老爷，他叔叔就是二十多年前负责调查斜谷命案的人……就是郑庄被杀那件事。”

申舒的情绪出现了微妙的变化，虽然他在努力克制，但这些变化都被贺望东一一看在眼里。

“人心实在微妙得很。”贺望东突然转换了话题，“有些东西藏在内心深处，自己以为已经淡忘了，却会在某一天、某个瞬间突然苏醒……今天的事，想必也是如此吧！”

“你想说什么？”申舒皱了皱眉淡淡地说道。

“脓包得用针刺破，将脓水悉数挤出，方能痊愈。你现在刚刚挤出了一点点儿。”

“脓包？”申舒露出了警惕的神色。

“不错。我来就是帮你将心中的脓水全部挤出来的，一开始会有些痛，忍过去就好了。”

见申舒沉默不语，贺望东接着说：“据说，那个叫郑庄的人品行恶劣，被人杀掉后，大家都觉得他是罪有应得，官府也就没有再追查，杀人犯都没有落网。”

“是吗？”申舒歪了歪脑袋，道，“我怎么觉得官府查得相当仔细……我都被关了两天，这个问话那个问话，没完没了。很多人都憎恶郑庄，但最憎恨他的确实是我。当初官府找不出证据，破不了案，都把我当犯人一样审。”

“那只是你这么觉得。我查看了当年的案卷，当时办这件案子，可是相当草率啊。”贺望东一面用手指划着石臼一面说道。

“那同样也只是你这么觉得。”

贺望东不理会申舒的反驳，继续道：“最后人们都觉得是鬼魂杀人……不过想必真正的犯人心中也难免压抑吧。”

“我当时也觉得是鬼魂干的……”

“你也信？”

“那个房子建造得相当严实，门闩就有这么粗。”申舒说着，用两个手比画出一个五寸见方的圈。对于普通人家而言，这门闩确实够粗。他又补充道：“我听说当时人们进去的时候，那门闩还牢牢地插在铁环上。”

“是啊，听说窗户也上着锁，还用木棍顶住了呢！”贺望东也附和道。

“可不是嘛！”

“不过，我能做到。”

“什么意思？”

“我是说，即便在那种情况下，我也可以离开那个屋子。”贺望东相当笃定，但语气却很温和。

申舒一时有些失措，呆呆地看着贺望东，半晌才摇头道：“你是在和我开玩笑吧？”

“不是玩笑。”

“那你倒是说来听听……”

没等申舒说完话，贺望东便起身，一边说一边做出相应的动作。

“进入他家里，这个比较容易，拉一下门铃，或者敲敲门，就会有人来开门。”

贺望东走到申舒旁边，咔嚓！他做出一个把刀插在他背上的动作，继续说道：“郑庄一下子就倒在地上了……接着杀人者……”

他走到窗边，关上半开的小窗户，又走到门口，道：“若我将这门关上，屋子里怕是太黑，我就不关了。你就当这门是关着的吧，就像郑庄住的屋子一样，关得严严实实的。现在，要离开屋子，只有一条路……”

贺望东慢慢抬起头，指着屋顶道：“就是那里。”

“不可能。”申舒一口否定了。

“为何？”

“这个堆房建造简单，连个天花板都没有，想要出去自然容易，可那个房子的天花板，可是用上等的厚木板做的……”

“那些板子是拼成的，取一块下来就可以了。”贺望东走到柱子旁，敏捷地爬了上去，在房梁上做了一个取板子的动作。

掬水楼的堆房粗糙简单，连骨架都还在外头露着，大梁上边还有顶着房顶的系梁，也都露在外面。大梁和系梁之间连着一根支柱。

贺望东一只手抓住系梁，另一只手拍了拍屋顶，脸朝下问道："这上面铺着的是瓦片吧？"

申舒没有作声，大概是觉得没有回答的必要。

"打开天花板，揭开屋顶板，还要把瓦片放好……虽然不容易，但并不是不可能。"贺望东说着屈身下来。

申舒依旧沉默不语。

"普通人当然很难做到，但若是对房屋建造了如指掌的人，应该不是难题。带点儿小工具，估计花不了多少时间……"贺望东拍了拍手上的灰尘。

申舒目不转睛地盯着贺望东，但其实他什么也没看。

"凶手取下一块木板，钻到顶棚后，再将木板钉好，将整个房间伪装成密室……难怪人们会觉得连个蚂蚁都休想进出。至于怎么拆、怎么装，我是外行，不过你应该很清楚……"贺望东的语调相当平淡，仿佛在叙述一件久远而平常的事。

良久的沉默，之后，申舒苦笑道："郑庄就是个败类，他死有余辜！我恨不得……"他的声音有些哽咽起来，"只怪我当初没有听夫人的话立马搬走，才让郑庄那个禽兽有了可乘之机……夫人走了以后，我恨不得将他碎尸万段，日日想，夜夜想……”

贺望东不作声，只是安静地看着眼前的老头儿，看着他将心中的脓水一点一点挤出。

“郑庄上头有人护着，谁都不敢吱声……我就想，当官的靠不住，就靠自己……我不能让夫人白白死去……”

“所以你亲手杀了他？”

“我以前给郑庄住的那个房子翻新过瓦片……那天夜里起风了，我借着风声和夜色爬上屋顶，把瓦片揭开一个人可以通过的口子。郑庄这个人傲慢无礼，为了显摆自己，总喜欢最后一个去工地……他的宿舍挨着一片林子，我就躲在林子里等着……瞅着他开门的刹那就把他杀了……”

“接下来就是布置现场？”

“没错……”

“你杀了郑庄，为申夫人报了仇，但同时也开始逃避这个事实。”

“我是杀人凶手啊……你说得对，当年官府确实是有意放我一马……”

“这案子在官府的档案上悬着，也在你心头悬着。这就是你心中的症结所在。你不敢承认自己杀了郑庄，你觉得当时自己一定是鬼使神差……你拼命回避和否认这件事，心中积郁多年……”

“是啊……唉，倒不如当年将我捉拿归案，给我个痛快！这二十年，我常常梦到夫人，她还是那么温柔美丽……还有那天杀郑庄的情景……”说到这里，申舒忽然想起了什么似的，看着贺望东道，“你是来捉拿我的吗？那就来吧！事到如今，我不会再隐瞒什么。”

“我又不是官差，捉拿你做什么。”

“那你翻出这陈年旧案……”

贺望东道：“事到如今，我只劝你放下，无论是恨、悔，还是思念，都通通放下吧！”

“放下……”申舒不禁湿了眼眶。

“斜谷的房子已经化为灰烬，该放下的都放下吧！”

半晌，贺望东道：“走吧，现在去问问老鸨你砸坏了多少盘子。放心吧，这里没有贵重的瓷器，不会让你赔光家底的。”

老鸨倒是好说话，连连说不用赔。不过贺望东还是让她列了清单，申舒当面付了钱。贺望东回到二楼小凯的房间，从窗户目送申舒远去。

“都解决了？”小凯抱着琵琶问道。

“算是吧。他赔了钱，砸场的事情就能真正放下了……”

“他说了为什么突然大吵大闹吗？”

“他是不愿意被人看到自己爬上屋顶的样子……这二十年来，他极力掩埋着有些事，可一旦被人戳到，就容易失去理智……今天他将脓水挤出，只待日后伤口愈合……希望他能把旧事都放下。”

解　说

如此有趣的作品，还有必要“解说”吗？若用解说的方式，对作品进行剖析，未免使人扫兴吧？所以接下来，我只是站在一名普通读者的角度，抛开专业的文学分析，谈谈个人的感受。

这部作品的有趣之处，体现在三个方面：其一，推理本身就是一件趣味盎然的事；其二，作者描绘了八世纪初世界上最大的国际化都市唐长安的风貌，可谓妙趣横生；其三，作者陈舜臣本人也是相当有意思——这样的小说，非陈舜臣写不出来！这三个方面纵横交错、相互融合，成就了这部使人爱不释手的推理小说。

全书由六个故事构成，每个故事都属于广义的密室杀人案件，即本格推理小说。推理小说爱好者几乎一致认为，短篇最能体现本格推理的妙趣。本书正好作为此观点的佐证。陈舜臣笔下的密室杀人案件，立意新颖奇特。读同样是以长安为背景的密室杀人小说《方壶园》时，我就吃了一惊，《大唐探案录之长安风云》中的故事设定更加多样化，再次使我深受震动。

在《东方来客》中，贺望东通过推理，巧妙地揭穿了伪造的杀人现场，并通过观察人物动作，结合人物性格，识破了凶手的杀人手法。在《上元夜谭》中，凶手利用吹箭，从穿门铃绳的小孔进行杀人，而凶器却融化消失了。在我读过的书中，与此类似的设定，我只想到了某个英国短篇小说《茶叶》（1935 年）。在《茶叶》中，死者用干冰做成的短剑，在洗桑拿浴时自杀了，凶器自然也烟消云散。但是，用干冰做凶器，未免过于夸张，相比之下，《上元夜谭》中用冰做吹箭就顺理成章多了。

说到顺理成章，我不禁想到了陈舜臣有一次对我说：“推理小说不能以情节推动角色，而要以角色推动情节。”这正是他的推理小说的精妙之处。犯罪行为是人做出的，诡计是人设计的，谜也是由人破解的……这一连串的情节，不是机械地发展的，而是随着人心的变化自然而然发生的。用冰做的吹箭真的能杀人吗？《富商之惑》中，贺望东能看出字舞，难道王久就看不出吗？尽管有读者会提出这样的质疑，但并非不能接受这种设定。在《如烟如雾》中，贺望东没有看出诗中的门道，这种失败的案例，在陈先生的推理小说中也很自然。

再来说说风俗小说的有趣之处。阅读这部小说时，读者仿佛置身于一千二百多年前人声鼎沸的大唐长安，和故事中的人物一起，在一百一十个坊中穿梭来往。皇城中的鸿胪客馆、平康坊花柳街、歌舞杂技荟萃的西市，还有青龙寺所在的新昌坊、大富豪居住的群贤坊……无不令读者恍若身临其境。此外，作者还穿插地介绍了元宵节观灯的中国传统民俗、歌咏石榴和夹竹桃的夏季风物诗、西域传来的歌舞，以及日本的留学生等，用文字将大唐长安的风貌一一展现。

尤其值得一提的是，主人公贺望东常年流连于长安城的青楼掬水楼。众所周知，日本岛原和吉原的妓馆区，原型就是长安平康坊的三曲之制（京都的临济禅僧们于明代带回日本）。而现在，我们跟着陈先生的笔，也回到了平康坊的青楼中，枕在娇艳的歌妓腿上。

描写长安风俗的书，有石田干之助的《长安之春》，据石田说，这本书是根据《太平广记》五百卷和《全唐诗》四百八千首改编的。他强调，大唐长安是一个洋溢着异国情调的都市。这一点在本书中也得到了体现。

虽然篇幅有限，但也不得不说说作者的有趣之处。石田强调唐代女性的“勇敢活泼”，但这本书中出场的女性，全然没有骄横的气息。这或许和陈先生自身的偏好有关。有时我甚至想，贺望东莫不是指陈舜臣自己吧？这个贺望东从日本来到长安，却始终不知道自己的身世，故而一种淡淡的哀愁时不时地爬上他的心头。而陈先生的祖父辈，从台湾到了日本，并且由于种种缘故，不得不定居下来。贺望东对于身世的困惑，与陈先生对于自我身份的困惑是何其的相似！

不过陈先生说，贺望东的设定是受到了梅原猛先生的启发（具体可见梅原猛的《塔》中“藤原定慧的悲剧”一章）。说句题外话，一位作家朋友告诉我，贺望东的日本名可以读作“okamoto”（冈本），不知他有什么暗示。无论如何，我期待着贺望东再次出场。

桥本峰雄

后　　记

无论是作为唐朝的都城长安，还是作为现代丝绸之路的起点西安，这个城市都令我心驰神往。成为小说家以后，我一直希望能够以那里为背景进行创作。大约十年前，我完成了中篇小说《方壶园》，这算是最初的小小慰藉。

古利克先生[1]以唐代中国为舞台，写了众多闻名世界的侦探小说。他原本是常驻中国的荷兰外交官，之后转任荷兰驻日大使。旅居神户的荷兰朋友埃利翁想把我介绍给古利克先生，刚安排好见面事宜，古利克先生就猝然长逝了。这对我而言，不能不说是一大遗憾。

古利克先生的唐代侦探小说，取材自武则天时代的宰相狄仁杰，

---

[1]罗伯特·汉斯·古利克，荷兰汉学家、东方学家、外交家、翻译家、小说家，中文名为高罗佩。

并借鉴《狄公案》[1] 的故事创作而成。

我写的贺望东的故事，没有蓝本参考，都是我自由创作的，并且隔月在杂志《小说 Sunday 每日》上连载。主人公贺望东的身世连他自己也不知道，而且这个问题在本书中并没有得到解决。鉴于这一伏笔，之后或许会写续集。

其实关于贺望东这个人物的设定，是受到了梅原猛[2] 先生的启发。据他推测，到中国大唐留学的僧人定慧[3]，很有可能是孝德天皇的儿子，廉足为了避免中大兄皇子[4] 的猜忌，让定慧出家做了和尚，还把他送到了中国。这种情况倒不是不可能。当然，贺望东并不是定慧。相传定慧于天智四年（665 年）去世，而贺望东第一次出场是在灵龟元年（717 年），前后相隔五十多年。

1972 年 10 月，我去了一直憧憬的地方——古时的长安、现在的西安。比起八世纪时的长安，现在的西安规模要小得多。残留下来的

[1] 又名《武则天四大奇案》《狄梁公全传》，成书于清末时期的长篇公案小说，作者名已佚，共六卷六十四回。

[2] 梅原猛：日本哲学评论家。1948 年毕业于京都大学文学部，在日本精神史、古代史、文学、宗教等领域颇有造诣。他以佛教为中心，对日本人的精神性所进行的独特研究被称为“梅原日本学”。

[3] 定慧：即藤原真人，法号贞慧，又写作定惠。

[4] 中大兄皇子：即天智天皇，日本第三十八代天皇。他推行了大化改新，颁布了《近江令》，使日本开始走向法制化道路。

城墙，据说是明代建造的，充其量不过比唐皇城稍大一点儿。所幸的是，一千三百年前就屹立着的大雁塔依然还在。根据大雁塔的位置，我在西安的现址之上重新画出了唐代长安的范围。

现在的西安市区，只包括唐代的皇城及其东侧的永兴、崇仁各坊。我住的“人民大厦”饭店，差不多就位于永兴坊的界内。左金吾卫也在永兴坊，本书中出现的矮子遥大鲸等人就常聚集在此。而当年弦歌喧闹、浪子流连的平康坊的花街柳巷，大抵位于西安城的东南角上，只是空气中再也寻不到大唐的歌舞与脂粉的气息。杂技与舞蹈等演艺场集中的西市，在如今的桃园一带。

玄宗皇帝令人建造的兴庆宫，现在是一个公园，仍以“兴庆”为名。在它南面的道政坊和东市的一部分，则成了交通大学。我还参观了这所大学的物理学教室和计算机室。古都与计算机的结合，使我颇感新奇。

我在西安停留了四天三夜，脑海中涌现出种种关于古都、大唐的遐想，却又一时理不出个头绪。若说是为了使自己的梦有所寄托而写成此书，那么既然到了梦寐以求的地方，也该稍作休憩了。若将来能将在西安的种种遐想理出头绪，形成新的长安梦，那么贺望东或许会回来。

陈舜臣